Grégory Nicolas

Grégory Nicolas est né en Bretagne en 1984. Après avoir obtenu un 16,5/20 en rédaction sur le thème « Raconte un moment heureux de tes vacances » en CM2, il se destine tout naturellement à la carrière d'écrivain. Une quinzaine d'années plus tard, Rue des Promenades publie son premier roman, *Là où leurs mains se tiennent.* Suivront *La Part de l'orage*, *Mathilde est revenue*, et *Des histoires pour cent ans.* Son dernier livre, *Équipiers*, a paru chez Hugo Sport en 2019.
Grégory Nicolas a été marchand de canons chez un caviste de Rennes et instituteur dans différentes écoles parisiennes. Il se consacre désormais à l'écriture.

DES HISTOIRES POUR CENT ANS

GRÉGORY NICOLAS

DES HISTOIRES POUR CENT ANS

RUE DES PROMENADES

Direction artistique : Marie Rébulard
Photographie de couverture : Yann Peucat
Les éditrices de Rue des Promenades
remercient chaleureusement David Demartis

MIXTE
Papier issu de
sources responsables
FSC® C003309
FSC
www.fsc.org

Pocket, une marque d'Univers Poche, est un éditeur qui s'engage pour la préservation de l'environnement et qui utilise du papier fabriqué à partir de bois provenant de forêts gérées de manière responsable.

ISBN : 978-2-266-30695-9
Dépôt légal : mars 2020

Pour Béatrice et pour Marcel
Aux grands-parents et à leurs petits-enfants

À André

PREMIÈRE PARTIE

Pierre imaginait les Boches comme des fantômes, ou des vampires, ou les loups des histoires. Est-ce qu'ils pourraient le manger? Ça lui faisait peur. Pierre a interrogé Julien, son grand frère, pour savoir s'il allait partir à la guerre, et Julien a dit qu'à seize ans il était bien trop jeune. Pierre a demandé pour leur papa. Ça, son grand frère n'en savait rien. Mais pour rassurer Pierre il a dit que leur père avait fait son devoir en 14 et qu'il y en aurait d'autres à y aller avant lui.

Samedi 26 octobre 1929, pendant que des banquiers américains se jetaient des fenêtres de leurs buildings, balancés du haut du ciel par la crainte de manquer, sa mère poussait sous les ordres de la matrone. Soi-disant que ça passait mieux pour le deuxième. Ou bien on lui avait menti, ou bien le temps lui avait fait oublier la douleur de la première naissance.

Il était finalement né. La matrone avait arrêté de gueuler. Le petit, un garçon, le deuxième donc, la mère avait décidé de l'appeler Pierre parce qu'elle trouvait ça beau. Elle avait dit au père que c'était pour rendre hommage à son travail de granitier, mais c'était faux.

Pierre. Dix ans dans moins de deux mois. La peur de se faire manger par les Boches. La peur qu'ils lui sucent le sang. La peur qu'ils tuent son père et son grand frère, la peur qu'ils lui volent ses jouets et qu'ils pendent ses lapins. La peur de la guerre. La peur. Un lundi. Le 3 septembre.

Et puis, la guerre. Le père ne part pas. Le grand frère non plus. L'attente.

Les gens qui arrivent de partout. Ils sont encore effrayés. Ils ont des accents qu'on n'avait jamais entendus. Ils mettent du temps à comprendre quand Pierre leur dit des mots comme *coutiau* ou *piè*. Sa mère finit par lui expliquer que ces mots qu'ils utilisent pour dire « couteau » ou « pluie » c'est du patois. Le patois de Plaintel, sa commune, par une ruse de la langue et une autre de la géographie, tout le monde ne le parle pas. Pierre demande jusqu'où on pourra le comprendre sans peine. Il ne veut pas passer pour un imbécile. Sa mère lui répond qu'elle ne sait pas exactement, jusque Saint-Brieuc c'est sûr, peut-être jusque Lannion. À Rennes, déjà, ce sera plus compliqué : là-bas, ils parlent aussi bien que les Parisiens.

Le discours du maréchal. Le père annonce à ses fils que la guerre est terminée. Il ajoute :

« Cette fois, ça n'a pas été la boucherie pendant quatre ans, on peut au moins admettre ça. Bien entendu, les jeunes de maintenant préfèrent l'amusement à la patrie. Le maréchal, que j'ai croisé une fois de loin pendant la Grande, a raison. Ce qui est à blâmer c'est notre manque de courage ! Notre refus du sacrifice. Parfaitement !

— Arrête donc de parler de la guerre devant les enfants, s'énerve la mère.

— Mais puisque je te dis qu'elle est finie la faillie guerre ! Dame bon Dieu, on ne peut jamais rien dire ici ! Et puis d'ailleurs ce sont les jeunes qu'ont sûrement raison. La Grande et les copains de la commune qui sont morts là-bas, sept rien que de la classe et des infirmes à la pelle, on aurait très bien pu s'en passer. La guerre est finie. Même pas un an. La raclée en quinze jours. T'en prends une comme ça à la belote, plus jamais tu touches un carton de ta vie. »

Les soldats allemands arrivent. La mère leur trouve une élégance terrible avec leurs beaux uniformes propres et frais, leurs cheveux bien coupés. Rien à voir avec les prisonniers boches qui étaient venus au pays pour travailler en 14-18. Ils sont beaux les Allemands, elle ose dire à table. Le père manque de s'étrangler avec sa soupe, lève les yeux au ciel et ne répond rien puisque, quoi qu'il pense, il a tout juste le droit de se taire.

Pour Pierre, la grande côte à monter à pied jusque l'école et le maître, mauvais comme une teigne, franc comme un âne qui recule. Les coups de sabot en veux-tu en voilà et des volées de règle plus encore. Alors Pierre se tient tranquille, fait le fayot tant qu'il peut mais c'est difficile de ne pas rigoler quand Eugène fait péter ses aisselles. Des fous rires comme ça valent tous les coups de l'autre âne.

Eugène est un enfant de l'assistance, c'est le frère de lait de Pierre puisque la mère l'a nourri au sein, la première année de sa vie. Eugène appelle la mère de Pierre « sa petite maman de lait ». Il n'est pas le seul.

Le jeudi est le meilleur des jours. À onze heures, Pierre part sur le vélo de son frère. Il est trop grand pour lui. Les roues sont ovales, la bicyclette avance à l'amble. Pierre a l'allure d'un meneur de chameaux quand il est assis sur la selle. Il rejoint la carrière où, du lundi au samedi, le père vient arracher de la roche à la Terre. « Bien sûr qu'elle y tient à sa caillasse, la Terre », a coutume de dire le père. C'est pour ça qu'elle leur en fait autant voir. « La maudite ! »

La pierre c'est le granit. On l'appelle granit bleu, ou granit moucheté, mais Pierre lui trouve des accents gris. Une pierre si précieuse qu'on en envoie jusque Paris et même autrefois jusqu'en Amérique. Ça, Pierre a du mal à y croire. Il aurait fallu des bateaux gigantesques pour emporter des blocs de roche comme ceux-là. Ils auraient coulé à la première vague. Pierre pense que le patron du père doit être riche comme Crésus pour posséder un endroit d'où sort tant de bruit. « C'est un monsieur », a l'habitude de dire le père.

Le père s'appelle Léon. Léon Chandemerle. Léon est court comme un gamin. Léon est frisé comme une cocotte. Léon est fort comme trois hommes. Quand il revient de la carrière, il se plaint de son dos, de ses mains qui saignent, de ses yeux qui piquent. Et le lendemain il y retourne.

Pour Pierre, il n'y a rien de plus impressionnant que la carrière. Il n'y a rien de plus impressionnant que les gars qui en sortent. Et dire que son père en fait partie. Pierre n'a qu'une hâte, en finir avec l'école et venir travailler, son père dit « lutter », à la carrière. Les collègues granitiers de Léon appellent Pierre « petit », « gamin » ou « mignon », selon qu'il est ou non au bon endroit, au bon moment, selon qu'il gêne le passage ou qu'on a un service à lui demander.

Chaque jeudi, c'est le même repas. Dans le carnier qui servait avant-guerre, le dimanche, du temps où on avait le droit de chasser, la mère a mis un petit morceau de pain de trois livres, du pâté de lapin, une omelette à deux œufs encore tiède et un litron de cidre. Parfois un fruit, quand la saison s'y prête et que les oiseaux n'ont pas tout gâté, mais ce n'est pas souvent.

Pierre observe le père et les autres qui déjeunent à même le sol. Ils parlent du boulot abattu. Ils parlent du boulot qu'on abat. Ils parlent du boulot à abattre.

Ils parlent de la scie « crocodile » dont Pierre avait la frousse petit à cause d'un album illustré sur l'Afrique. La moustache du père est couverte de poussière. Le père appelle ça « la transpiration de la Terre » : « Il faut bien qu'elle sue comme nous. » Le cidre, qu'il boit au goulot, lui fait un grand rond orange comme s'il avait du rouge à lèvres. On dirait la mère quand elle s'apprête pour les baptêmes et les fiançailles. Il n'y en a plus guère depuis l'arrivée des Allemands.

Ce qui lui manque le plus, à la mère, ce sont les mariages. Beaucoup de ceux en âge de se marier sont prisonniers en Allemagne, c'est mal commode pour se rendre à l'autel. Et ça ôte l'envie aux autres. Qui oserait prendre du bon temps alors qu'il y a tant de malheureux ?

Pourtant qu'elle aimait ça, la mère : les belles noces, les vêtements de fête, les fines dentelles et les jolies coiffes.

En 37, le mariage du fils Poulain, le neveu d'un conseiller municipal, avait réuni plus de deux mille personnes. Un cortège sans fin. Trois jours à danser et à rire. La commune au complet assise là, sur les bords de deux grands sillons creusés dans le champ du père Latimier. Chacun avait apporté ses couverts les plus précieux pour l'occasion, certains en argent véritable. Il y avait des bouteilles de cidre à se demander où on avait dégoté tout ce verre. Quelle joie. Mon Dieu ! Quelle joie. Et les Allemands qui avaient mis fin à tout ça pour enrichir les marchands de canons, pour donner du tourment à tout le monde.

Après le déjeuner, Pierre joue avec Eugène dans les chemins, derrière la ferme abandonnée de la mère Sagorin. Eugène n'a pas son pareil pour faire voltiger les osselets et les rattraper d'une main. Pierre enrage de ne pas être capable d'en faire autant, mais il est le meilleur à la toupie.

Quand le cœur leur en dit, Pierre et Eugène remontent toute la Côte-aux-Mines. Ils traversent le lieu-dit Sébastopol. Ils poussent jusqu'au bourg tout proche pour rejoindre des camarades et jouer jusqu'à ce que la nuit leur ordonne de rentrer.

Quand une voiture allemande passe, tout s'arrête. Le silence est plus grand encore que lorsque l'instituteur se promène entre les rangs de la classe. Les mères ont prévenu qu'il ne faut pas regarder les Allemands.

Sans qu'ils en aient conscience, leurs jeux changent. Leurs osselets s'envolent pour la dernière fois en novembre 1940. Ils n'entendent plus le bruit des billes depuis la fin de l'année scolaire 1941 et ils s'arrêtent de jouer à chat en décembre 1942. Le 13. C'est un dimanche à la sortie de la messe. Quelques heures avant, Pierre et Eugène, qui sont enfants de chœur, ont eu confirmation que la bonne couchait avec le curé.

« Et comment que vous le savez ? demandent les copains, en cercle, impatients de connaître l'histoire.

— Dimanche dernier, on a caché le tisonnier dans le lit de la bonne, affirme Pierre.

— Et tout à l'heure elle est venue nous trouver dans la sacristie pour savoir où il est ! ajoute Eugène.

— On a juré sur nos têtes qu'on l'avait pas vu, elle ne nous a crus qu'à moitié, mais ça nous a sauvé les miches…

— Et alors ? demande Petit Yvic.

— Alors, pauvre pomme, elle n'a pas dormi dans son lit de la semaine sinon elle aurait trouvé la ferraille et elle a sûrement pas dormi sur les carreaux de ciment ! Le curé a dû lui trouver une place dans son pieu à lui ! »

Telle est la vie de ces petits garçons.

Trois mois plus tard, ça gueule dans la maison. Le père et le grand frère sont prêts à en venir aux mains.

La mère pleure, elle les supplie d'arrêter. Ils viennent d'apprendre que Julien doit partir travailler en Allemagne. Ce n'est pas une surprise mais tous espéraient que le moment viendrait plus tard, peut-être même que la guerre serait finie avant.

« Comment veux-tu que j'y coupe ? Je te le demande. Comment veux-tu que j'y coupe !?

— Quand on veut, il y a toujours un moyen. On le cherche, et puis on le trouve !

— T'y as coupé peut-être, toi, en 14 ? T'as fait comme tout le monde, t'es parti avec le troupeau, des obus au-dessus de la tête, de la flotte sous les pieds pendant quatre ans.

— Sauf que moi c'était mon d'voir ! J'avais pas à y couper !

— Eh bien moi aussi c'est mon devoir ! Puisqu'on me dit de le faire, je le fais.

— Ton devoir ?! Dame bon Dieu, une honte d'entendre ça. Une honte ! Bon Dieu.

— Ne jure pas, Léon !

— Ma pauvre femme, je préfère jurer mille fois que d'entendre ça ! Aller travailler pour les Boches, et ce serait son devoir ?! Ah ça me ferait mal de voir mon gars, mon aîné par-dessus le marché, partir chez les Boches parce que c'est son devoir. J'aimerais mieux le voir mort !

— Oh ! Mais comment oses-tu ? Tu dis n'importe quoi, mon pauvre Léon. C'est toi qui devrais avoir honte. Tais-toi donc !

— Bon Dieu de bonne femme ! Merde à la fin. Tu m'entends ? Merde ! Tu veux savoir si je préfère le voir mort ? Eh bien oui, je préfère le voir mort ! S'il faut, c'est moi qui lui donnerai le coup de fusil ! Et en face que je le ferai. Tu peux tout de suite aller chercher les gendarmes et qu'on me coupe la tête. Ah ça, je le jure aussi, tiens !

— Pourquoi que tu veux partir, mon Julien ? On peut aller voir le docteur. Il te trouvera bien un souffle au cœur, quelque chose pour retarder l'appel. Qu'en penses-tu, si on allait trouver le docteur ?

— Un souffle au cœur ? Maman, tout le monde sait que je suis un des gars les plus forts de Plaintel…

— C'est moi qui vais lui faire le souffle au cœur ! Y aura pas besoin du docteur pour signer les papiers.

— Mais tais-toi donc ! Tais-toi !

— Il a raison, maman. Pas besoin du docteur. On va trouver une solution pour retarder l'appel. Je vais me faire casser un bras ou une jambe.

— Tu vas tout de même pas te faire du mal comme ça. Et puis, qui va te les casser ?

— Je trouverai bien un copain.

— Si ça se sait, tu iras en prison.

— J'ai le choix entre l'Allemagne, la prison, et les cartouches de papa…

— Il a qu'à se cacher !

— Où tu veux qu'il se cache ? Et puis combien de temps que ça va durer cette affaire ? Les gendarmes vont le chercher, s'ils ne le trouvent pas c'est nous qu'ils vont prendre.

— Les autres se cachent bien, eux. Pourquoi qu'il n'y arriverait pas ?

— Et où je pourrais aller, puisque t'es si fort ?

— Tu vas dans les fermes ou dans les bois, comme les autres.

— Comme les autres, comme les autres ! C'est facile à dire, c'est pas toi qui en seras.

— J'ai déjà donné, mon gars. J'aurais voulu te voir dans les boyaux, les mitrailleuses, tac-a-tac-a-tac, les…

— Oh, tu nous emmerdes avec tes histoires de poilus ! Tu comprends ? Tu nous emmerdes ! »

C'est la première fois que Julien ose parler ainsi à son père et remettre en cause son passé. Celui dont il est si fier, lui qui n'a jamais manqué une cérémonie d'anciens combattants, lui qui n'a jamais oublié de se découvrir en passant devant le monument aux morts, lui qui rêve encore la nuit des poux et de l'odeur de la mitraille. Léon, d'abord abasourdi par l'audace de son fils qu'il prend pour de la méchanceté, explose.

« Va-t'en de chez moi, fumier ! Va lécher le cul des Boches ! Mais vas-y donc ! Fous le camp, fumier ! Fous l'camp, ou je le jure, je te tue !

— Oh et arrête de gueuler, je m'en vais ! »

Julien embrasse sa mère et fait un signe à Pierre qui n'a pas osé descendre l'escalier. Il dit, audacieux :

« Salut la compagnie », et, pour faire enrager son père, laisse la porte ouverte.

Il repasse le lendemain chercher ses affaires alors que Léon est au travail. Julien explique à sa mère qu'il va se cacher comme a dit son père. Il en a parlé avec François, le fils Cadiou, qui doit partir en Allemagne lui aussi. Il a une grande cousine qui pourra les héberger quelque temps. Elle est loin, à plus de cinquante kilomètres. Avant que les gendarmes ne s'embêtent à venir les chercher là-bas, la guerre sera finie depuis longtemps. Julien promet d'écrire dès que possible mais ce sera peut-être difficile. Il faudra aller demander des nouvelles à la mère Cadiou et lui en donner aussi.

« J'ai le cœur gros, et pardon à papa, je ne voulais pas lui faire de peine ni être grossier.

— Tu sais, papa s'en veut aussi. La guerre rend tout le monde fou. Promets-moi de ne pas traîner avec les maquisards, c'est tout ce que je te demande, ils sont fous eux aussi, ils ne sont bons qu'à faire tuer des otages. »

Julien enfourche son vélo, son barda sur le dos. Il s'éloigne, tourne à droite en direction du bourg. Pierre ne le voit plus. Le jeudi, Pierre ne pourra plus aller apporter le déjeuner à son père. À pied, la carrière est trop loin.

Les mois passent. Pas une nouvelle. Malgré son absence, c'est comme si Julien n'avait jamais été aussi présent. Il ne quitte pas les pensées de sa mère, de son père et de Pierre. « Où est-il? Si on l'avait pris, on l'aurait su, ne crois-tu pas? J'espère qu'il mange à sa faim. »

Tous les soirs, Pierre prie le petit Jésus pour que son frère aille bien.

Pierre, Eugène, les copains ont un semblant de moustache qui leur pousse. Même Yvic commence à avoir du poil aux pattes, pas beaucoup, mais quand même. Il paraît que les Allemands vont de défaite en défaite, que tout va mal à l'est et que les Anglais vont retenter un coup quelque part comme ils l'avaient fait à Dieppe. Cette fois ça va passer. Ça fait longtemps qu'on n'a pas vu de soldats dans le bourg, on dit que la plupart se trouvent à Saint-Brieuc et au bord de la mer pour empêcher un débarquement.

Pourtant la tension ne cesse de monter, quelque chose va se passer. Quelque chose de décisif.

Ceux qu'on ne voit plus beaucoup non plus, ce sont les jeunes. Ils sont en Allemagne ou cachés dans les bois. Le patron du père a dissimulé une radio dans son bureau pour écouter les nouvelles. Il sait que si les Anglais et les Américains arrivent jusqu'à Plaintel on risque de lui reprocher la caillasse vendue aux Allemands pour le mur de l'Atlantique. Alors il fait donner par sa femme du ravitaillement et un peu de sous, dès qu'il peut, aux gars des maquis. Et il fait en sorte que ça se sache.

Il y a un mort. Un soldat allemand abattu d'une balle derrière l'oreille dans un fossé sur la route de Saint-Brandan. Le 21 janvier 1944. Du sang sur le givre de l'hiver. Pierre vient voir le mort. Il y a au moins cent personnes autour du corps. C'est l'attraction.

Les Boches deviennent fous, les représailles suivent : huit otages sont fusillés près de Rennes, six maisons sont incendiées et la forêt de Lorge est bombardée à l'aveuglette, dans le but de taper sur les résistants.

Pendant des jours, les soldats passent à toute vitesse, mitraillettes aux portières, à travers les bourgs pour semer la panique, manquerait plus qu'ils rasent les clochers comme ont fait les dragons du roi dans le temps. Les jeunes ne sortent plus des bois, les vieux n'osent plus mettre le nez dehors.

Alors qu'ils marchent sur le bord de la route pour aller relever un collet, Pierre et Eugène sont arrêtés par des soldats. On les emmène à la gendarmerie de Quintin pour les interroger. On fait sortir les gendarmes. Pierre et Eugène ne disent pas un mot, le verbe coupé par la peur. Les yeux tout écarquillés.

Et voilà que les Allemands leur crient dessus. « Il faut avouer ! Avouer ! Qui a tué le soldat ? » Il faut dire puisqu'ils savent, puisqu'ils aident les terroristes, on le sait qu'ils les aident, les terroristes cachés dans les bois. On va les fusiller, ils sont morts, comme les otages de Rennes. Ils ont entendu parler des otages de Rennes ? Eh bien ce sera la même chose. Eux aussi.

Eins, zwei, drei. Feu. Morts. Qu'ils avouent ou non. Mais on va aussi tuer leurs parents s'ils n'avouent pas. *Eins, zwei, drei.* Feu. « Qui a tué le soldat ? Qui ? » Et une grande gifle. « Qui ? » Et des mots encore plus forts, incompréhensibles et terribles. Comme ceux qu'on crie aux fauves dans les cirques et que Pierre a entendus une fois quand il avait sept ans. Des animaux dans une cage. « Qui ? » Ils ne savent pas ? Alors on tuera tout le monde. *Eins, zwei, drei.* Feu. Les pères et les mères. *Eins, zwei, drei.* Feu. Les frères et les sœurs. Par leur faute, car ils ne veulent pas avouer. Les larmes ? Bien fait les larmes. « Enfants de salauds. » Et le pistolet sorti, collé sur la tempe d'Eugène, le clic et Eugène qui se fait dessus. L'odeur à vomir. Les gamins, de leur voix de bébé, crient fort comme des adultes : « Mais arrêtez ! Arrêtez ! » Des larmes, des cris. « Arrêtez ! Arrêtez ! – Où se cachent les terroristes ? » Ça au moins ils savent ? Tout le monde sait. Dans quel bois, dans quelle ferme ? « Ils sont où, les terroristes ? Répondez ! Bâtards. » Bons qu'à se chier dessus. « Allez dégagez ! Mais dégagez ! » Deux grands coups de poing sur la nuque.

Dehors il fait froid et il fait nuit. La merde coule le long des jambes d'Eugène. Il frotte ses affaires avec de l'herbe gelée. Honteux. Il faut rentrer, six kilomètres à pied. Le bruit des sabots sur les chemins, les nids-de-poule qui font des crocs-en-jambe.

Morts les osselets qui s'envolent, mortes les billes, les astuces à la bonne du curé. Mort Petit Yvic qui rigole.

Eugène s'effondre dans les bras de sa petite maman de lait. Il a la tête contre ses seins comme quand il avait six mois. Pierre qui parle. Pierre qui raconte. Le collet, les gendarmes qui s'en vont, les cris en allemand, le pistolet sur la tempe d'Eugène. Le clic. Les coups.

Le père écoute.

« Salauds de Boches ! »

La mère va laver les vêtements d'Eugène, il ne faut pas qu'il se fasse de mauvais sang. Elle dit à Pierre de lui prêter une tenue. Elle ajoute : « La belle, celle du dimanche. »

La mère va raccompagner Eugène. Elle expliquera tout, il ne faut plus s'inquiéter. Les Allemands ont voulu leur faire peur, ils ont réussi mais c'est fini, il ne se passera plus rien.

Le père s'en va chez Mathurin Courcoux, le maire, raconter toute l'histoire. Qu'est-ce qu'on peut faire ? Déposer une plainte ? Pourquoi pas, mais ce sera compliqué. Mieux vaut se taire. Le maire sait de source sûre que la fin de la guerre est pour bientôt, que les Alliés pourraient débarquer plus vite qu'on croit, que le mieux est de se faire discret.

Le maire demande si on a des nouvelles de Julien. Léon n'en a pas. Il en aurait, il préférerait se taire. À qui se fier ? À personne.

Elle était d'une beauté. La plus belle du village. On parlait d'elle jusqu'à Brest. Ses longues jambes, ses fesses rondes, son port de tête digne d'une danseuse parisienne, ses seins lourds et doux. Des seins de femme. Et toujours le chic pour s'habiller juste. Elle en a fait tourner des têtes. Et pas que des ouvriers agricoles ou des matelots, mais des capitaines et des patrons, même un rentier qui a menacé de se suicider si elle continuait à se refuser à lui. Elle n'allait quand même pas le laisser se pendre. On peut avoir un corps de diablesse et un cœur d'ange.

« Non, ce n'est pas vrai, ma chérie, non, ma chérie, j'avais un corps de diablesse et le cœur qui allait avec », qu'elle dit. « À la Libération, les comme moi on les tondait et on les battait, ma chérie », qu'elle dit. Perrine parle beaucoup. Perrine en garde pour elle cependant, tout le monde n'a pas besoin de savoir et elle ne saurait pas comment dire.

Perrine descend le bourg en faisant tourner les têtes, fait regretter le mariage aux anciens, l'espérer aux plus jeunes et honte à son père, celui qu'elle appelle le salaud. C'est sa plus grande fierté : la honte que peut éprouver le salaud.

Avait-il honte, lui, quand il lui faisait des choses? Avait-il honte quand il lui disait de se taire et revenait le lendemain, l'haleine dégueulasse, les mains entaillées par les lignes de pêche, les doigts où il ne faut pas? Elle rêve de sa fin, au salaud, elle voudrait lui mettre les glandes à en crever de déshonneur et de chagrin. Pour qu'il se pende, lui, plutôt que le malheureux rentier.

Perrine remonte le bourg et elle fait tourner la tête aux Allemands. Ce sont des garçons, ils réagissent comme des garçons. La faute à qui? À Perrine? Certainement pas. La faute à la nature qui l'a si bien faite et à la folie des hommes, bons qu'à se mettre sur la figure pour un oui, pour un non.

Le seul qui aurait pu la faire devenir sage c'était un goémonier, mort dans les premiers jours de la guerre. Aujourd'hui elle a oublié son prénom. Elle revoit son allure sur la grève, et encore, c'est flou. Sa voix aussi, elle l'a oubliée, comme celle de son salaud de père, mais ça elle ne s'en plaint pas.

À l'usine de sardines, elle n'a pas d'amie. Elle est entourée de jalouses et d'envieuses, que voulez-vous, et les hommes ont interdiction par maman de lui parler. Perrine met la poiscaille en boîte plus vite que les autres puisqu'elle ne perd pas de temps en discussions inutiles.

Un jour qu'elle remonte le bourg, un Allemand ose lui parler du pays, lui donne du « mademoiselle » avec son accent boche. Il lui demande comment elle s'appelle et si elle veut quelque chose à manger. Perrine accepte.

L'Allemand a la mèche sur le côté. Il a les jambes tordues par trop d'équitation ou bien par une perfidie de l'hérédité. C'est un petit chef, il est plus ou moins planqué. Il a quatre petits Frisés et une femme à la maison d'après ce qu'il dit avec ses huit mots de français et ses gesticulations de macaque. Perrine imagine la grosse dondon, la poitrine partout en dehors du corsage, un ruban immense dans les cheveux, le tablier au-dessus de la jupe, des chopes de bière à la main, et qui attend son nazi de mari bien sagement pendant qu'il se fait pomper le dard en faisant mine de surveiller l'Atlantique.

Le nazi de mari n'est pas particulièrement bon. Il n'est pas méchant non plus. Il est insignifiant. Même la nourriture qu'il donne est insignifiante. Perrine a toujours eu un appétit d'oiseau. Que ferait-elle des tickets en plus ? Les donner au salaud et retarder qu'il crève ? Aucun danger. Les jalouses n'auront rien non plus. Perrine garde les tickets dans une petite boîte en fer, cadeau du fiancé d'une pipelette de l'usine à qui elle s'est refusée pour épargner à la pauvre fille d'être cocufiée avant la noce.

L'Allemand s'en va un jour. Il promet d'écrire et Perrine lui répond que c'est ça, qu'il ne faut surtout pas qu'il oublie car elle aurait du chagrin. Le Boche est content. Pour lui faire comprendre que c'est elle qui mène la danse, elle l'encourage à transmettre ses amitiés à sa femme et à lui envoyer des photos de ses enfants.

D'autres remplacent le Boche, d'autres encore, et son père qui ne crève toujours pas, malgré une colère noire qui ne le quitte pas et qui déforme son visage. Il va falloir que toute la Wehrmacht passe sur Perrine ? C'est à se demander.

Un soir, le salaud cogne Perrine du dessus de la main. Il la traite de salope. Elle lui répond qu'elle va aller en toucher deux mots à ses copains soldats. Il prend peur, lui fait promettre de ne rien dire. Perrine accepte à condition qu'il ne s'approche plus d'elle, plus jamais, qu'elle n'entende plus sa voix, qu'il ne monte plus à l'étage de la maison. Il jure tous ses grands dieux qu'il fera ce qu'elle veut pourvu qu'elle ne se plaigne pas aux Allemands.

Perrine a les yeux dans le vague. Perrine a les doigts dans le poisson. Perrine pense au moment où le salaud est devenu ce qu'il est. Pour en être arrivé là, il a dû commencer tôt. Perrine ne croit pas qu'il soit né mauvais. Elle a trop d'affection pour les bébés. Une fois, quelqu'un a cru malin de lui demander si elle aurait assassiné Hitler à la naissance. Elle avait répondu du tac au tac, comme une évidence, que non elle aurait été gentille avec lui. Elle l'aurait élevé bien comme il faut. Elle lui aurait fait des bisous. Perrine prévient toujours les soldats de faire attention car elle sait que jamais elle ne trouvera la force de faire passer un enfant. Le salaud en gentil bébé, avec des bouclettes ensuite, dommage que Perrine ne l'ait pas connu à l'époque. Elle lui aurait fait des bisous. Elle l'aurait élevé bien comme il faut.

Il a dû se passer quelque chose entre le temps de son enfance à lui et celui de ses dix ans à elle. Ça laisse une vingtaine d'années. C'était peut-être au régiment ou pendant la guerre de 14 ? Les fusils et la dynamite n'ont jamais rendu qui que ce soit meilleur. Ce qui étonne Perrine c'est que sa mère n'ait pas vu qu'il était comme ça. Pourquoi se serait-elle mariée avec lui, sinon ? Il a peut-être changé après le mariage ?

Perrine se souvient de sa mère qui agaçait les braises au matin, très tôt, pour réveiller la chaleur endormie du poêle. Elle l'entend encore qui supplie le salaud de ne pas monter dans la chambre « de la petitc », et l'autre qui l'insultait. Elle a supplié, la mère, mais elle n'a rien fait de plus. Ça lui aurait arraché la gueule d'aller trouver les gendarmes. Son Jésus l'a rappelée bien vite. Ça a dû l'arranger de ne plus avoir à tenir sa langue.

Le salaud, du jour où il est monté dans la chambre, a tout pris à Perrine. L'insouciance, la légèreté, l'espoir et des sentiments dont elle n'imagine pas l'existence. Même la mélancolie, il lui a volée. Comment pourrait-elle penser au joli temps d'avant, puisqu'il n'a jamais eu lieu ?

Enfin, Perrine décide d'arrêter son petit manège avec les Allemands puisque ce n'est pas suffisant pour le faire crever. C'est le jour de ses vingt ans. Le 22 octobre 1942.

Le temps passe, monotone. C'est comme un jour de bruine qui durerait un an ou même dix, des jours qui ne servent à rien. Le salaud respecte son engagement. Il se tient le plus loin possible de Perrine et n'ose même plus lui réclamer sa pension.

Peut-être qu'en Perrine, en ce qu'il reste d'elle, dans les débris de son « âme », ce mot dont elle ne connaît même pas la traduction en breton, elle trouvera une sortie. Il faudrait qu'elle puisse creuser un long tunnel dans son cœur ou dans sa tête pour s'évader, pour voir le jour.

Perrine n'en peut plus de le sentir pas loin, tout près, à une portée de pas de ses doigts entaillés par les filets. Elle doit trouver un moyen pour le faire crever à coup sûr. Faut-il qu'elle le tue de ses propres mains ?

Est-ce qu'elle pourrait l'empoisonner ? Mais où trouver du poison ? À la vérité, elle ne sait pas si elle en aura le courage. C'est une chose d'être résolue, c'en est une autre de passer à l'acte.

Et puis il y a Jésus que sa mère craignait davantage encore que le salaud craignait les Allemands. Elle a réussi à transmettre sa terreur à Perrine. Jésus, accroché à sa croix, s'il est vraiment là-haut, assis maintenant à la droite de Dieu le Père, risque de lui en vouloir. Ce ne sera pas commode de lui expliquer les raisons pour lesquelles elle a jugé nécessaire d'envoyer le salaud de l'autre côté. Les puissants n'aiment pas que l'on s'immisce dans leurs prérogatives.

La chance de Perrine ce sera peut-être la guerre. Les privations. Le froid. Elle attend. Contrainte.

Toute la fin de l'hiver 43, le salaud, de la nuit au matin, tousse quelque chose de gras et d'épais, il crache autant qu'il peut sur le sol en terre battue. Perrine se dit qu'avec un peu de patience il sera bon pour le gros fiacre noir et la pierre au-dessus de la tête. Repos éternel pour tout le monde. Terminé.

Mais au printemps, la montée de sève le remet d'aplomb et Perrine enrage de le savoir toujours vivant et qui chantonne tandis qu'il bêche son bout de potager. L'été, la condition du salaud s'améliore encore. Jamais il ne crèvera. Il est comme du mauvais chardon ou de la fougère de merde.

Un midi, un peu après le jour des Morts, elle l'entend s'étouffer puis jurer au moindre répit. Cette fois c'est la bonne, il sera crevé avant Noël. Un bruit sourd. Le salaud est tombé. Il n'est pas fier, la gueule au sol, incapable de se relever. Et Perrine qui se demande, Perrine qui va voir. Le salaud qui gémit et qui pleure. Perrine a pitié. On n'a pas idée d'être si gentille.

Elle l'aide à se relever. Elle va jusqu'à l'asseoir et lui donner un verre d'eau. Le salaud reprend son souffle. Il saigne du haut du crâne. Il pleure. Il dit qu'il va bientôt mourir. Perrine ne répond pas. Le verre est vide.

Le salaud demande s'il peut en avoir encore un peu et Perrine lui remplit de nouveau son verre. Il dit merci. Et il passe sa main entre les jambes de Perrine qui le frappe de toutes ses forces et s'enfuit.

Perrine descend le bourg en courant, des larmes dévalent sur ses joues rosies par le froid. Elle n'attendra pas Noël. Jésus et le manque de courage peuvent aller se faire voir.

Elle s'en va trouver un officier allemand dont elle connaît le regard sur elle, le même que celui des autres hommes. Elle dit qu'elle a faim. C'est faux. C'est prononcé juste. L'officier lui propose de venir le retrouver le soir au mess, il lui donnera ce qu'elle veut. « Je ne serai pas en reste », répond Perrine.

Le soir Perrine est renversante. Elle a frotté ses doigts longtemps avec du savon noir pour enlever l'odeur de poisson : elle ne voudrait pas avoir honte si des gradés lui font le baisemain. Perrine arrive au mess. Elle est seule avec le soldat. Il y a un ragoût fumant sur la table avec des patates et des poireaux. Perrine n'a le temps de toucher à rien. L'officier sort son gros machin. Perrine se tourne et attend. Pas longtemps.

Le soldat, couillon maintenant qu'il a fini son affaire, propose enfin qu'elle mange quelque chose. Et Perrine mange comme jamais elle n'a mangé. Ensuite, Perrine s'excuse et quitte la pièce en courant, des larmes plein les yeux. Le sexe du soldat est redevenu mou. Le sexe du soldat coule dans son caleçon.

Dehors, la main appuyée contre un talus, l'autre retenant ses cheveux, Perrine vomit tout ce qu'elle vient d'avaler puis pisse ce qu'on lui a mis au fond du ventre.

Perrine retourne voir le soldat la semaine suivante, puis celle d'après, puis celle encore d'après. Et Perrine n'en finit pas de se goinfrer puis de vomir. Le soldat n'en finit pas de lui remplir le ventre et elle se demande s'il ne va pas finir par la mettre enceinte. Eh bien tant pis ! Si c'est ça, elle l'aura ce bébé, d'ici qu'il naisse, le salaud sera crevé. L'Allemand est de plus en plus tendre avec elle, il lui fait préparer de copieux dîners et lui donne des provisions que Perrine, à son retour, jette à la baille. Noël est passé. Le salaud n'est pas mort. Ça viendra.

Un soir, l'Allemand s'amuse de l'appétit de Perrine qui a mangé une part énorme de gâteau des Rois et la complimente sur sa nature. Perrine lui décoche un regard triste. Elle esquisse un sourire. Une larme. Puis une autre. Elle le tient.

L'officier demande s'il a dit quelque chose de mal et Perrine s'enfuit.

Le lendemain, le salaud manque de crever plus vite que prévu, à la vue de l'officier qui lui fait face devant la porte de sa maison. Son cœur lui donne des grands coups de lattes. Il n'arrive pas à articuler le moindre mot pour répondre à l'homme qui lui demande si Perrine est là, et s'il peut la voir. L'officier finit par penser que le vieux a perdu la boule et s'en va sans dire au revoir.

Perrine rentre.

« Il y a un Boche qui est venu ici. Il a demandé à te voir.

— Et tu lui as dit quoi ?

— Qu'est-ce que tu voulais que je lui dise ? J'ai dit que t'étais pas là et puis voilà tout. J'aimerais bien ne plus voir de Boche chez moi… »

Perrine hausse les épaules et s'en va.

Elle va retrouver l'Allemand, qui n'est pas là. Elle l'attend, impatiente, le ventre un peu noué par la peur d'échouer. L'officier arrive, Perrine se jette à ses pieds :

« Mon papa, mon papa, ne lui faites pas de mal, ne lui faites pas de mal ! Je vous en supplie, ne lui faites pas de mal, je ferai tout ce que vous voulez… » Il fait rentrer Perrine qui ne cesse de pleurer, elle dit qu'il était obligé, qu'il ne voulait pas, mais qu'on menaçait de les tuer tous les deux. Elle est certaine que, sans ça, jamais il n'aurait espionné. Il n'a pas eu le choix ! Ce n'est pas de sa faute. « Vous comprenez, mon bon soldat ? Promettez-moi que vous comprenez ! Promettez-moi que vous ne lui ferez pas de mal. Promettez-moi ! »

L'officier, peinard, caresse les cheveux de Perrine à ses genoux. Il promet qu'il n'arrivera rien à son père. Il dit qu'il comprend, qu'elle ne doit pas s'inquiéter. Perrine dit merci, merci mon bon soldat et, redressant la tête et remontant les mains, elle propose de le remercier comme elle sait faire mais l'officier dit qu'il n'a pas le temps et qu'elle doit rentrer chez elle maintenant.

Perrine remonte le bourg. Elle fait regretter le mariage aux anciens, l'espérer aux plus jeunes. Bientôt elle n'aura plus besoin de faire honte à son père.

Perrine dort quand les soldats déboulent dans la baraque. Ça hurle, ça claque les portes, ça renverse le mobilier. Déjà, deux hommes la mettent en joue, elle qui avait levé les bras alors qu'elle les entendait dans l'escalier. On lui crie : « Pas bouger. » En bas, le vieux gueule. Il dit qu'il ne comprend pas. Il répète :

« Ami boche, ami boche, ami. » Quel con. Les soldats se retirent de la chambre de Perrine, ils décampent, avec leur prisonnier. Tout ça n'a duré que quelques instants. Perrine pense au salaud dans le véhicule des Allemands. Elle pense qu'il ne lui fera plus de mal. Perrine s'endort.

Trois membres du conseil municipal se présentent le soir même pour prendre des nouvelles et demander s'ils peuvent faire quelque chose pour elle en ces temps de malheur. Perrine est douce à en faire craquer les pantalons des bonshommes. Elle les remercie et leur dit qu'elle ne manquera pas de venir les trouver si elle en éprouve le besoin. Perrine demande qu'on la prévienne au plus vite si on a des nouvelles de son papa. Les trois promettent de le faire. Un des trois dit : « Ah la sale guerre, elle n'épargnera donc personne » et Perrine dit : « C'est vrai, la sale guerre. »

Les trois bonshommes reviennent quelques jours plus tard avec un panier à provisions, soufflent dans leurs mains pour les réchauffer. Le pauvre papa est en prison quelque part, ils ne savent pas où. Il est soupçonné d'être un terroriste. Bien entendu, c'est ridicule et il ne faut pas qu'elle s'inquiète, ce genre de choses arrive souvent. Les Allemands vont faire les vérifications d'usage, tout finira par rentrer dans l'ordre.

L'un d'eux dit que la guerre sera bientôt terminée. Il y aurait des négociations secrètes entre les Américains, les Anglais et les Allemands, tous bien conscients du péril communiste. Il tient cette information de source sûre. « Alors ne t'en fais pas trop. » Et Perrine dit, mignonne comme tout : « Tu crois ? » L'occasion est trop belle, le monsieur si bien informé prend la main de Perrine en ajoutant : « Fais-moi confiance. » Perrine la retire d'un geste sec. Elle n'a plus de raison de jouer.

À l'usine, tout le monde est au courant de l'arrestation. On demande à Perrine si elle sait pour quelle raison il a été pris et elle répond qu'elle l'ignore mais que ce doit être une erreur et qu'il reviendra bientôt. Les jalouses, loin de Perrine, parlent de marché noir et disent qu'elles ne sont pas trop étonnées. Elles se gardent bien de se vanter que leurs maris font de même.

Lundi 24 janvier 1944, on lui dit : « Il est mort. »

C'est comme si, d'un coup de pince, on avait coupé les barbelés qui entravaient son cœur depuis ses dix ans. Le salaud est mort. Enfin. Il ne viendra plus dans sa chambre.

Deux jours avant, il dormait sur une paillasse qui avait l'odeur des écuries de son enfance. Les chevaux l'avaient toujours fasciné, et il savait à peine lire et écrire, lui qui avait toujours été long à la détente, au moment où il était entré en apprentissage.

Mais il prenait des coups de cul à chaque brossage, des coups de sabot à chaque curage. Il ne pouvait réussir un pansement ou un débourrage sans se blesser. Les seules fois où il ne se faisait pas mal c'était lorsqu'il nettoyait les box, seul, ou quand il était aux champs à réparer une clôture, loin des bêtes. Après quelques mois à craindre l'accident de trop, son patron avait décidé de le renvoyer chez lui. Il n'était pas fait pour ça. Ça arrivait parfois. Lui qui se rêvait écuyer du Cadre noir s'en retournait dans son bled, juste capable de ramasser le crottin des bourrins. Ils n'avaient pas été fiers les parents en le voyant arriver, ah ça non. On s'était demandé ce qu'on allait bien pouvoir faire de cette bouche à nourrir, de cette tête pas bonne à grand-chose, et on l'avait mis à réparer les filets des gens de mer.

On lui a dit de se lever puis on n'a plus parlé. On lui a jeté des fers qu'il s'est attachés lui-même. Il a pensé aux bagnards sur le port de Brest que son grand-père avait vus une fois et dont il lui parlait quand il était enfant pour le mettre en garde. Il s'est approché du soldat. Il a dit que les fers étaient trop serrés et qu'il avait mal au tendon derrière la cheville. Le soldat n'en a rien eu à foutre. Il a traversé la prison en boitant, à pas menus. Il est arrivé dans une cour. Il y avait quatre soldats armés. Il a regardé le mur sur sa gauche criblé d'impacts de balles.

Un homme, un Allemand, lui a dit qu'on allait le fusiller, là, maintenant. À ces mots, il s'est évanoui. On l'a traîné jusque devant le mur. On l'a giflé. Il a repris conscience. Face à lui se sont positionnés trois soldats, des vieux, qui devaient avoir son âge ou pas loin, des avec qui il s'était mis sur la gueule en 14 ?

On l'a fait se lever. Le soldat a dit : « Attends » et est reparti vers ses camarades. On ne lui a pas caché les yeux. Avant de les fermer de toutes ses forces, il a vu deux soldats en retrait du peloton qui lui faisaient face. Il a pensé que ce serait l'un d'eux qui commanderait le tir. Tout son corps tremblait. Il a entendu des mots en allemand et les balles sont parties. Au cliquetis des armes, il a eu le réflexe de se tourner vers la droite en levant légèrement sa jambe gauche, mais pas haut, à cause de la chaîne. Le corps s'est écroulé. Celui qui avait commandé le peloton s'est approché, a vu que l'homme était mort et a économisé une balle de son pistolet.

« Il a été fusillé sans procès comme sept autres otages, ma pauvre. Pour venger la mort d'un soldat descendu il y a trois jours, dans les Côtes-du-Nord.

— Ton père est un héros à sa manière… » Perrine pense : *il ne manquait plus que ça.*

« Le corps te sera rendu. Il faut que tu en fasses la demande. Malheureusement, c'est à tes frais.

— Mais je n'ai pas les moyens, je n'ai que la maison. Faut-il que je la vende ? Je n'aurais plus rien.

— Je comprends ma fille, alors il sera inhumé en fosse commune…

— On pourrait lancer une souscription ? propose un des trois.

— Une souscription ? Non, mon père n'aurait pas voulu qu'on se donne tant de peine…

— Peut-être que tu pourrais demander à tes “amis” de t'aider, ils connaissent bien du monde, nc crois-tu pas ?

— De quels amis tu veux parler ? demande Perrine, les yeux droits dans ceux de l'homme, comme pour le défier.

— Ne fais pas attention, je ne pensais pas à mal, je suis désolé, j'ai parlé trop vite. »

Perrine les remercie de leur soutien et prétexte qu'elle a besoin de dormir.

« J'irai trouver le curé pour qu'on donne une messe pour ton père. »

Perrine brûle les vêtements de son père dans la cheminée, ses mouchoirs, son blaireau et son peigne, la photo de mariage avec sa tête d'imbécile heureux, jette ses couverts, casse son assiette et son bol. C'est fini.

Perrine va se coucher. Elle pense à sa mère, la vilaine muette, et à l'accueil qu'elle a dû réserver au salaud là-haut. Perrine se demande s'ils la regardent. Elle a encore peur de Jésus. Elle décide que le lendemain elle ira se confesser. Au cas où.

C'est le printemps. L'explosion fait trembler les murs de la maison. Perrine dévale l'escalier, elle est dehors maintenant, il y a des cris dans la rue et le bruit des avions dans le ciel. Sur le port, l'usine est mangée par les flammes. Des hommes hurlent de rester chez soi comme la défense passive le demande. Ça peut revenir à tout moment, et un feu comme ça, on ne l'éteint pas avec des larmes. C'est foutu ! Laissez brûler. Aux abris.

Perrine, apeurée, va toquer à la porte d'une voisine.

« Ah c'est toi ? Ben rentre. » Ils vont se réfugier au sous-sol. Quand elle voit que le mari la reluque avec la discrétion d'un homme soûl dans une assemblée de gens sobres, Perrine regarde ailleurs en vérifiant que les boutons de sa robe de nuit sont bien mis.

« Veux-tu un peu de jus ? Mais il est froid, je te préviens, propose la voisine.

— Non merci, ça ira.

— Dans ce cas, je vais économiser la cire… »

La flamme de la bougie déjà courte s'éteint, la nuit est totale.

« Papa est mort, il a été fusillé par les Allemands en janvier.

— Je sais, répond la voisine, il y aura des comptes à régler après la guerre… »

Au jour levé, tout le village se rend auprès de l'usine détruite. On sent encore la chaleur. La structure en ferraille a fondu et tout ce qui avait été en bois n'est plus que cendres. L'usine paraît toute petite à présent. Le directeur est là, les bras ballants.

« Je ne comprends pas, vraiment, je ne comprends pas, répète-t-il.

— C'est pourtant simple, lui répond un paysan qu'on ne voyait au bistrot que le 15 août, les Anglais n'ont plus rien à détruire à Brest, ils veulent garder la main tout de même, il faut croire que, vu du ciel, ton usine de *pesket* ressemble à un hangar à sous-marins. »

Le directeur ne relève pas, il reste à regarder cette sculpture informe qui pue la sardine grillée et le métal en fusion.

Des filles s'approchent de lui pour lui demander ce qu'il va advenir d'elles. Le directeur dit qu'il s'occupera de leur sort dès que possible, mais qu'il faut d'abord qu'il envoie un télégramme à son patron à Quimper.

Le patron, en bras de chemise malgré l'humidité, le ventre de celui qui n'a jamais manqué de grand-chose, arrive le lendemain en automobile. On lui fait visiter les ruines, on lui explique le bombardement. Le directeur dit qu'il est possible que les Anglais aient pris la boîte pour une usine de munitions comme celles qu'on avait transformées en 14. Ou bien c'est tout simplement une erreur de largage. « Drôle d'erreur », dit le patron.

Il propose aux filles et aux contremaîtres qui le veulent de venir travailler dans la sardinerie de Locquémeau qu'il possède aussi.

« Où c'est donc Locquémeau ?

— Dans le Trégor, à cent kilomètres tout au plus, pas loin de Lannion. Vous y serez bien et en attendant je ne ferai rien tant que la guerre se poursuit. C'est à prendre ou à laisser. »

Perrine et cinq autres filles disent : « Je prends. »

Perrine donne procuration au notaire pour vendre la maison et elle se rend dans le Trégor par le train. À la gare, on l'attend, on lui prend sa valise, on la mène jusqu'à un dortoir mis à disposition par le patron le temps pour elle et les autres filles de se retourner.

Perrine prend son poste, l'âme et le cœur libérés d'être ici sur cette nouvelle terre, c'est le destin qui la veut là, loin des chagrins d'avant. Elle passe sa matinée à travailler en silence, rapide comme toujours, mais une respiration plus légère et un regard plus doux. À la sortie de l'usine, on lui conseille de ne pas parler aux Allemands et de se tenir loin du rivage pour éviter de prendre une balle. Baisser les yeux, c'est ce qu'il y a de mieux à faire avec les Boches. Perrine dit d'accord.

Elle se met à construire sa vie par morceaux, tout doucement, elle n'est pas pressée. Pour la première fois depuis qu'elle est adulte, elle a deux copines de son âge : Cécile et Marguerite. Elles se racontent des choses et rigolent. Ça fait drôle à Perrine de s'endormir avec le sourire, de ne pas voir le monde avec les yeux d'un chat malade et traqué. Des mois de bonheur.

La rumeur. Ça y est, les Anglais et les Américains ont débarqué. Il paraît que sur les hauteurs de Plaine-Haute et du petit col de Lanfains on peut voir le feu de la bataille au loin. Ce qu'on prenait pour de l'orage ne laisse plus de place au doute. Le moment qu'on attendait, celui qu'on sentait venir, comme une mort ou une vie, est enfin là. Les radios, encore cachées pour un temps, confirment la nouvelle.

Les gens sont cloîtrés dans leurs baraques. Pierre, sa mère, son père, comme les autres. Des lapins de garenne, terrés, à l'ouverture de la chasse. Que vont faire les Boches ? Encore des otages ? Encore des morts ?

Certains finissent par braver l'illusion que leur maison les protégera et ils mettent le nez dehors.

L'après-midi, l'excitation gagne le pays, les premiers Allemands traversent la commune, on dit qu'ils viennent du centre Bretagne et qu'ils rejoignent le littoral. Ils prennent la route de Saint-Brieuc avec de gros fourgons. Puis plus rien, jusqu'au lendemain. Le matin, c'est la ruée. Des soldats arrivent de partout à cheval, à bicyclette, à dos de mulet même, se précipitent vers l'est où leurs camarades sont en train de ramasser. Ça va être leur tour. Sept soldats arrivent à la carrière.

Ils sont épuisés. Ils marchent depuis la veille. Ils pointent leurs mitraillettes en direction des carriers. Les deux remorques à cheval sont réquisitionnées et quatre hommes avec elles pour les conduire. Parmi eux, Léon. Le granit est balancé au sol. Léon demande à ceux qui restent de prévenir sa femme et de la rassurer.

La mère est prévenue. Elle panique. Pourquoi Léon ? Lui qui ne lui a jamais fait de mal, qui a construit cette maison de ses mains, avec les roches de la petite veine au fond du jardin. Elle a pris sa part du travail, c'est sûr, il fallait bien, transportant à la brouette les pierres finement taillées par son mari, cinquante mètres plus loin, sur le chantier. Une belle maison. Et Léon qui lui a fait deux enfants, deux fils avec ça, qui ne lui ont donné que du bonheur et une peur immense depuis que Julien est parti.

Elle raconte tout à Pierre. Pierre serre les poings et annonce qu'il va partir à la recherche du père. La mère dit : « Tu n'y penses pas » et elle gueule. Mais Pierre veut jouer au fort, comme son frère, comme son père. Il a quatorze ans et demi. Il est temps d'agir comme il croit qu'il faut le faire quand on est un homme. La mère le supplie de rester avec elle. Elle le supplie d'être là pour la protéger. Il accepte. Promet. Pour la première fois de sa vie, il la prend dans ses bras.

La rumeur encore. Les hommes, les chevaux, les mulets, les remorques vont intégrer l'armée allemande pour se battre. Le père en sera, forcément. On ne lui demandera pas son avis, et puis quoi encore. Le maire dit que c'est faux, qu'il ne faut pas croire les racontars et que ce sont les bonnes femmes qui ont la langue trop pendue, que Radio Lavoir raconte au moins autant de bobards que Radio Londres. La mère, dans la maison, attend le retour de son mari, comme elle avait attendu celui de son père en 19. Quatre jours s'éteignent.

La rumeur toujours. Les hommes réquisitionnés par les Boches, une douzaine dans la commune, sont sur le chemin du retour. La rumeur est une nouvelle désormais, confirmée par le maire mis au courant par un cycliste. Ils sont en marche, quelque part aux alentours de Lamballe en début de matinée. Ils seront là avant le soir.

Le soir est là. Ils arrivent, les hommes, les chevaux et les mulets, les remorques. Ils ont laissé les Allemands dans un village près de Saint-Malo. Cent kilomètres de marche et pareil dans l'autre sens, et maintenant la fête. La fête pour tout le monde, comme des noces, avec des rires, de l'alcool. Pas une bagarre. Que des baisers et la guerre bientôt finie.

Le père raconte la marche sous la contrainte. Les Allemands apeurés, la paille sur la remorque et les Boches qui s'endorment. La tentation d'en égorger un. Les chevaux de force mal habitués à une si longue cavalcade et qu'on doit changer au gré des villages. Les fossés dans lesquels on se jette trente fois dans la journée, parce qu'on a cru entendre un tir, parce qu'on a cru entendre un avion, parce que quelqu'un a plongé et que le temps de réfléchir sera pour plus tard. Et enfin les Boches qui se regroupent dans ce village où des camions les attendent et les yeux des soldats emplis de terreur. Le retour est gai et heureux, titubant et fier. Il faut aussi parler des chevaux que l'on récupère et des coups qu'on boit.

Quelques jours plus tard, les Allemands sont de retour. Ils se replient vers Brest et Lorient. Ils traversent les bourgs aussi vite qu'en 40, sans même prêter un regard aux gens du coin. C'est la course.

Des camions sautent, des rails aussi. Les Boches, harcelés par les résistants, ne prennent même plus le temps de faire des otages. C'est la débandade. Juillet 44 passe. Les Alliés qui avancent en Normandie, implacables, vont faire un crochet vers l'ouest pour enfermer les soldats repliés dans la péninsule bretonne.

Les cloches branlent, à toute volée, de bled en bled, un bruit d'enfer, et ça résonne, le son de la fonte dans le ciel, voilà les blindés américains, la sixième division à ce qu'on dit, des durs de durs évidemment. Toutes les petites lâchetés oubliées. La lâcheté c'est bon pour ceux qui jugent. Qui t'es pour juger ? Et ça rigole, ça baragouine en anglais, ça lève les pouces, ça met les doigts en V, et ça s'embrasse tant que ça peut.

La mère le reconnaît au loin. Il s'approche. Son Julien ! Elle saisit le bras du père et hurle : « Léon, ton gars est là ! Regarde, ton gars ! C'est lui ! » Une mitraillette anglaise en bandoulière, toujours du muscle en pagaille, du chewing-gum plein les poches. Julien a le cheveu ras et le cou noir de crasse. Un vrai héros. Une bise sur la joue de la mère, une poignée de main au père, un clin d'œil au frère. Et puis dans le désordre de la fête, comme son père deux mois avant, il raconte.

Il est bien parti chez la cousine de François Cadiou mais ça se passe mal à la ferme. Les gendarmes se doutent, ils passent trop souvent. Il faut s'en aller. Julien et Fañch se cachent dans une forêt près de Bégard. Ils pêchent, chassent ou volent, s'abritent dans une grotte. Le poisson et le gibier sont rares, la rapine les gêne, mais ils survivent.

Une mitraillette dans le dos. Trois jeunes qui les mettent en joue. On s'explique. On leur répond camarade et on leur offre des hameçons et du fil de crin. On repassera les voir à l'occasion. L'occasion revient souvent. Julien et Fañch se laissent tenter par l'aventure du maquis, désolé maman. Là-bas, ils sont une trentaine, le chef est un Anglais, il est *crassous* comme les autres, faut pas croire, et il fume la pipe. Des jours à attendre, une dizaine d'armes tout au plus, des opérations montées et abandonnées.

Un parachutage de nuit, des armes à ne plus savoir qu'en faire, même des bazookas et des explosifs à faire sauter les deux tiers du département. Le maquis grossit. Chacun est chef de quelque chose. Des opérations montées et abandonnées. Le temps qui passe. La chasse, la pêche, la rapine encore, et du ravitaillement offert par des gens qu'on ne connaît pas. Les bois, eux, connus par cœur.

Il y a un mois, tout s'accélère, le soulèvement des maquis est général. Des copains tombent, cinq sont pris à revers à l'orée d'un bois. D'autres copains parviennent à s'emparer d'une mitrailleuse allemande, on se demande encore comment. L'aventure, la vraie. Et sinon, l'attente. La chasse, la pêche et de plus en plus de ravitaillement. Le maquis gros comme jamais. Le capitaine anglais qui donne l'ordre de marcher vers Dinan pour faire la jonction avec les FFI du Nord et les blindés américains qui, finalement, contournent la ville pour filer au plus vite vers Brest mettre la branlée aux Boches. Et les voilà ici. Assis à une table installée par les gars de la commune, un baiser à la mère, une poignée de main au père, un clin d'œil au frère. Du blé mûr plein les champs, des exploits à la pelle, des histoires pour cent ans.

Et maintenant ? Arrêter tout ? Certainement pas.

Mais avant ça dormir.

Rien qu'une heure dans son lit et Julien fait ses adieux. Le père est presque intimidé par son fils. Julien promet d'écrire vite. Ils lui ont manqué. Il demande pardon de ne pas avoir réussi à donner des nouvelles avant. Il imagine leur angoisse. Il fera attention à eux. Pierre regarde son grand frère s'en aller avec le reste de l'armée en campagne comme une grande kermesse itinérante.

Guingamp est libéré le 7 août, Morlaix le 8 et, dans le même temps, Carhaix, Lesneven…

Vers la fin du mois, une lettre arrive. Elle est signée de Julien qui s'est battu à Paimpol. Paimpol. Le bout du monde pour Pierre, plus loin encore que Saint-Brieuc, au moins soixante kilomètres de distance. Le port des pêcheurs d'Islande. Si Pierre en a assez de la mécanique agricole dans laquelle il vient de s'engager, il partira à la grande pêche jusqu'à Terre-Neuve. Il ramènera du poisson à en vider l'océan, à en faire craquer les filets les plus robustes.

Mon pauvre. Vingt ans qu'elle est terminée la grande pêche et Pierre qui l'ignore, tout comme il ignore le bruit des vagues sur le sable, lui qui n'a jamais vu la mer, à quelques kilomètres de sa maison, lui qui, à bientôt quinze ans, a déjà vingt ans de retard.

Julien explique dans son courrier que les FFI dont il faisait partie ont été dissoutes et qu'il a rejoint l'armée régulière. Le même travail mais la solde en plus. Que demande le peuple ? Julien écrit aussi qu'il va partir mais qu'il ne sait pas encore où. Il ne faut pas s'inquiéter. Les Américains sont équipés, il faut voir ça.

Perrine apprend par une de ses copines que les Alliés ont débarqué en Normandie, que c'est une bataille plus grande encore que celles qui ont eu lieu en Russie. Perrine écoute tout cela d'une oreille distraite, la marche du monde, la façon dont on se le partage lui importent peu. Elle voudrait un bébé maintenant. Il faut qu'elle trouve le père, quelqu'un de gentil, qui aime les enfants et qui soit courageux.

Le 11 août 1944, un vendredi, Marguerite et Cécile chopent Perrine par le bras. Elles partent assister ensemble au spectacle de l'armada gigantesque qui débarque sur la grande plage de Saint-Michel-en-Grève au loin, et qu'elles dominent, assises sur une grosse pierre à flanc de falaise en contrebas du sentier des douaniers. Il y a même deux bateaux flanqués de mitraillettes qui roulent sur le sable. *C'est pas croyable ce que les hommes sont capables d'inventer pour se faire du mal*, pense Perrine.

Le dimanche qui suit, le son des cloches de la messe de dix heures s'essouffle à peine quand ils arrivent. Le coup de pied s'abat sur la porte. Elle est arrachée de ses gonds.

Perrine la reçoit sur l'épaule et s'effondre, étourdie par l'impact, sidérée par l'instant.

Deux hommes et une femme entrent, la saisissent par les cheveux.

Perrine crie, affolée.

Ils la relèvent de force. Perrine hurle. C'est animal. Un des deux hommes dit en breton : « Ferme ta gueule » et il sort un couteau long comme son avant-bras.

La femme commence à envoyer des baffes sur la tête, le ventre et les cuisses de Perrine.

Elle tente de se protéger de chaque coup.

Un des hommes arrache le haut de la robe de Perrine.

Ses seins lourds et doux apparaissent. Des seins de femme.

La femme attrape un téton de Perrine et le tord comme si elle voulait déraciner une mauvaise herbe.

Perrine donne un coup de pied dans la jambe de la femme, qui crie elle aussi maintenant, menace de l'écorcher si elle recommence et lui crache dans l'œil.

L'homme qui avait hurlé à Perrine de se taire lui balance une grande gifle.

Ses lèvres se fendent.

L'autre homme traîne Perrine par les cheveux jusqu'au milieu du port. Elle s'accroche à son bras. Ses mollets, ses genoux, son bassin sont tour à tour brûlés par le sol au rythme des grands mouvements de Jean-Yves Quinio, celui qui la tient. Il est fort comme un étourdisseur de cochons. C'est ce qu'il est. Il la fait valdinguer et ameute le monde pour montrer comment on s'occupe ici des putes à Boches. Il va la saigner, comme une truie la veille d'une noce.

Il la fait asseoir sur une chaise.

Perrine pleure. Perrine tremble. La foule, immobile, s'est regroupée autour d'elle et la dévisage.

Il y a les cinq autres filles venues avec Perrine travailler à Locquémeau. Parmi elles, les deux donneuses. Les premières insultes fusent et la foule s'excite comme une meute de beagles prête à bouffer les flancs de la bête avant l'arrivée du piqueur.

Perrine entend des cris dans son dos, elle se retourne. Un groupe fend la foule avec, au milieu, tenue par les aisselles et par les bras, la vieille Huguette, sardinière comme Perrine et à qui elle n'a jamais parlé.

Un homme encore jeune, le fils de l'égorgeur de cochons, s'approche avec une fine tige de fer, peut-être un rayon de vélo, rougie par le feu à son extrémité, il empoigne la mâchoire de Perrine.

Perrine se débat tandis qu'à l'aide de la tige brûlante l'homme lui grave une croix gammée sur le front.

Il crache sur son graffiti et recommence avec la vieille Huguette qui ne sait que gueuler : « *Ma Doué, ma Doué* », comme si Dieu en avait quelque chose à faire.

Une femme joue des coudes, s'approche de Perrine et, avec un rouleau à pâtisserie, elle lui frappe les bras puis l'arrière du crâne.

Perrine s'effondre, inconsciente.

Quand elle revient à elle, on est en train de lui couper les cheveux. Des poignées qu'on balance à la foule, ses beaux cheveux qu'on piétine à grands coups de sabot sur la terre sèche du mois d'août.

Perrine est une sorcière qu'on va brûler.

Avec les ciseaux, on découpe les vêtements des deux femmes. Perrine se laisse faire. Elle est complètement nue désormais, offerte à qui veut la voir comme au jour de sa naissance. Perrine croise le regard d'un gamin, un petit garçon, huit ans, peut-être dix, quelle importance, et qui l'observe sans un mot. Perrine ne le lâche pas des yeux, sa seule chance, elle l'implore sans parole, *aide-moi mon mignon, aide-moi*, mais le petit garçon ne bouge pas. Qu'est-ce qu'il pourrait bien faire ?

La vieille Huguette n'en finit pas de hurler, elle est devenue folle. Elle réussit à mordre celui qui la tond, se relève et se met à courir. Les gens s'écartent à son passage. Un jeune, Raymond Cadoret, doué pour tout et fourbe comme pas un, descendu du maquis le matin même, épaule son fusil, l'ajuste, prêt à l'abattre dans le dos.

Seulement la vieille Huguette se jette du haut de la digue, et, trahie par la marée, montante certes, mais trop lente, atterrit en bas, sur le béton renforcé de fer, la nuque brisée, tuée sur le coup. La foule va voir la vieille morte en contrebas. Des hommes proposent d'aller la ramasser, et d'autres piaillent : « Laissez-la où elle est ! » C'est ce qu'on fait. Son cul tourné vers le ciel, sa peau saturée de plis chauffant au soleil.

Deux hommes arrivent avec un grand panier et vident sur Perrine des viscères de poissons. Une femme braille, l'air dégoûté, qu'on lui enfonce le tout dans la chatte.

Avec de longues branches de noisetier ébourgeonnées, certains s'acharnent sur le dos et sur les reins de Perrine.

Elle n'est plus au monde. La guerre, les jours de peine, l'avenir et les bébés n'existent plus. Seuls demeurent les gens autour et leur fureur, et les coups qui arrivent par vagues.

Après ? Eh bien après, il faut mettre fin au supplice. Une jeune fille lui passe une corde autour du cou et soulève le bout comme pour mimer sa pendaison. Quelqu'un prend en photo Perrine, la corde, la jeune fille et la foule derrière.

On ne sait plus quoi faire d'elle. On la pend ou pas ? Toi qui gueulais si fort dans le bourg, tu le ferais ?

Tu étais plein de promesses ! Eh non, plus maintenant, tu te rends compte qu'une dame c'est pas tout à fait comme une truie.

Et toi, le tireur, prêt ? Il faudrait pour ça qu'elle s'enfuie et tu l'abattrais en sournois. Et vous, les mères, non plus ? Pas une pour l'attacher et regarder son cou qui s'allonge ? Sûres ? Alors, va-t'en, putain. Si tu reviens, tu l'auras la balle que tu mérites.

Perrine reste prostrée sur sa chaise de longues minutes, elle tremble de tout le mal qu'on lui a fait. Le sang en croûtes noires sorti de ses chairs fait comme un masque de douleur et de chagrin sur son visage.

Perrine se lève. Elle marche comme ces femmes à qui on a ouvert le ventre en deux pour retirer un fœtus mort avant qu'il ne pourrisse en elles. Elle tient de l'avant-bras et d'une main ses seins lourds et doux, cache maladroitement, de l'autre, les poils de son sexe. Et elle traverse le port à petits pas. Et elle tremble comme les marins perdus qui font la planche sous les étoiles et qu'on retrouve après des heures passées dans de l'eau glacée. L'air ne rentre plus comme il devrait en elle. Son cœur boite. Son esprit, pas fou, s'est dérobé et pourtant, quelque part, dans son être, toute une chaîne d'énergie s'agrège et la guide, jusqu'à la maison qu'elle occupe depuis qu'elle a quitté le dortoir voilà quelques mois, encouragée par ses deux copines dont elle a cherché tout à l'heure le regard, en vain. Elle couvre ses épaules d'un châle et s'assoit sur le tabouret. Ses mains tremblent toujours. Elle sent l'entièreté de ce corps qu'elle ne maîtrise plus. Seul quelque chose qu'on nomme l'instinct de survie, puisque la part animale est tout ce qu'il reste quand on a volé à l'humain sa condition, la fait boire et l'empêche de s'endormir. Elle se lave. L'eau fait glisser le reste des abats des poissons et leur sang mêlé au sien sur sa peau. Elle s'habille, trouve la paire de sabots laissée là au moment où on est venu la prendre. Elle y glisse ses pieds eux aussi meurtris, le dessus surtout.

Et elle s'élance, quittant le village, la multitude qui a promis de lui faire la peau et qu'elle craint, comme elle craignait le salaud, mais qu'elle ne pourra pas, elle le sait, faire fusiller au complet.

Victor Petiot est le maire de Mornai, un petit village à une quinzaine de kilomètres de Lons-le-Saunier, au pied des premiers contreforts du Jura. Lui qui n'a jamais caché sa sympathie pour Darnand n'a pas mis les pieds à la mairie depuis trois jours. Deux terroristes s'y sont présentés il y a six mois, sales et pleins de poils, l'assurance de ceux qui sont sûrs de leur fait. Ils voulaient des tampons et du papier à en-tête. Le maire a serré les fesses et refusé de leur en donner car il a dit que ça se saurait, et qu'il n'avait pas envie de finir le dos calé contre un poteau avec un Boche qui crie *eins, zwei, drei.* « Vous pouvez bien comprendre ça. » Il leur a proposé un café pour se réchauffer mais les terroristes ont dit non. Il se demande si ce café-là l'empêchera de finir la tête contre un talus, des trous partout dans la peau. Il y a peu de chances. C'est le bruit des balles et celui des explosions qui ont réveillé Victor Petiot. Il a pensé : *c'est le jour.* Et ses mains se sont mises à trembler.

Ça sent le brûlé, ça vient d'en bas, près du pont.

Marthe court avec le petit dans les bras. Elle pousse la porte du pied. Elle crie qu'il faut partir. Marcel, ahuri, sort de sous la table en bois. C'est le seul cadeau que son père lui ait jamais fait en plus d'une paire de genoux cagneux. Il y a passé les dernières heures tapi, incapable d'aller chercher Marthe.

Marcel a eu le temps de se demander ce que serait sa vie si Marthe ne rentrait pas. Sans Marthe, sa vie aurait été une pitié.

Marthe ne lui laisse pas le temps de parler. Elle commande. Marcel ne pose pas de questions. Il met dans sa musette les quelques tickets qu'il leur reste et son tabac. Il a encore de quoi rouler une bonne dizaine de cigarettes.

« Mais dépêche-toi donc !

— Par où on peut passer ?

— La route de Lons est coupée. On va passer par-derrière la scierie. »

À la scierie, comme un fait exprès, ça explose à leur passage. Marcel se jette d'un bond dans le fossé. Marthe, qui met trop de temps à faire de même à cause du petit, a le côté droit, les bras, et le bas des mollets surtout, criblés d'échardes propulsées par l'explosion. Le petit n'a rien. Le corps de Marthe l'a protégé. Jamais on n'a vu des flammes si hautes. Ça chauffe aujourd'hui alors que pendant quatre ans on a eu froid comme on n'imagine pas, froid comme si on était des bêtes. Derrière le coteau, ils croisent deux jeunes avec un fusil qui marchent en direction du village. Marcel reconnaît le fils Mercier, Gaston, qu'on aurait dû appeler Marius tellement il est hâbleur.

« Te voilà, toi ?! Je te croyais en Allemagne… s'étonne Marcel.

— Faut croire que j'y suis pas allé. »

Après tout, le père Mercier, prénommé Marcel lui aussi, et du même calibre que son fils pour ce qui est d'en raconter, a été blessé en 17 ou en 16, on ne sait plus trop, et y est resté, ça on en est sûrs, en 40. Deux bonnes raisons de ne pas faciliter la tâche aux Frisés.

Marcel demande s'ils ont besoin d'un coup de main et les jeunes répondent : « Non, camarade », en revanche ils veulent bien une cigarette. Deux de parties.

Les jeunes sont maigres, leurs pantalons serrés par un morceau de corde en disent plus que tous les discours. Ils préviennent la petite famille qu'il ne faut pas aller vers Dole, car c'est là que ça va faire le plus de grabuge. Les Allemands s'y replient en masse.

Ils repartent.

Par chance, pendant les heures de marche avant la nuit, aucun avion n'est apparu dans le ciel. Marthe, c'est sa grande peur, les avions. Ça tue tout ce que ça voit sans distinction. Et puis, entre les Allemands, les Anglais, les Américains et si ça se trouve un jour même les Russes, on ne peut se fier à personne, surtout quand on se trouve cinq cents mètres en dessous. Le petit est bien mignon mais il est lourd. Et Marcel ne propose pas d'aider. Alors Marthe, sarcastique comme elle sait faire quand une chose l'agace, lui demande si la balade est agréable de son côté et finit par lui tendre le bébé. Mais Marcel n'est pas trop à l'aise. Il a peur de le faire tomber.

Ils continuent de marcher, sans manger, en buvant à chaque point d'eau qu'ils croisent, et font des pauses pour retrouver des forces. Pendant la nuit, la culotte de Marthe la brûle à cause de la transpiration et du frottement. Elle l'enlève et poursuit son chemin.

Le matin, tôt, ils sont exténués. Leurs pieds leur font terriblement mal. Ils vont sonner à une ferme. Ils sollicitent un peu de lait pour le petit. C'est le moment de s'aider.

Le petit n'a pas pleuré depuis le départ. Il boit son lait, versé dans son bec à l'aide d'une cuillère, avec gourmandise. Marcel et Marthe n'osent pas réclamer à manger pour eux et on ne le leur propose pas.

Ils repartent, marchent encore quelques minutes, mais la fatigue et la douleur sont trop fortes. Ils dorment, cachés, dans un champ d'herbes hautes, le petit sur le ventre de Marcel qui, au réveil, en est bouleversé. Tout son être vibre. Il l'aime. Toute une vie à passer ensemble.

En début d'après-midi, ils repartent vers l'ouest, croisent de plus en plus de gens qui marchent à rebours d'eux et qui ne prêtent pas attention, pourquoi le feraient-ils, à Marcel, Marthe et au petit qui s'enfuient. Dans la soirée, ils frappent à la porte d'une maison isolée. C'est un vieux monsieur qui vient leur ouvrir. Il a mis du temps. Marthe, toute honte de côté, demande l'hospitalité pour ses hommes et pour elle, une nuit pas plus, le temps de dormir un peu et de s'occuper du bébé. Le père accepte contre quelques tickets de beurre. Il ne leur préparera que de la soupe.

« Comment qu'il s'appelle le petit ?

— Il s'appelle Henri. Comme s'appelait mon père.

— Bonjour, Henri. »

Le vieux dit à Marthe de s'installer dans la chambre à l'étage. Le papier peint se décolle dans les coins et les draps, piqués de rouille, sentent l'humidité. Le vieux non plus n'a pas dû pouvoir chauffer beaucoup. Le gros bois a disparu depuis longtemps et le genêt brûle en pure perte. Qu'est-ce qu'on n'aurait pas donné pour un beau morceau de hêtre. On n'oublie pas le froid.

Marthe lave sa culotte, l'étend. Elle joue avec Henri. Il fait des risettes. Devant la soupe claire, Marcel et le père parlent de la guerre. De quoi ils pourraient parler d'autre ? Le père finit par demander où ils vont comme ça avec leur petit dans les bras.

Marcel répond qu'ils filent vers l'ouest car ils veulent aller en Amérique, qu'avec tous les bateaux qui débarquent des soldats, et l'allure à laquelle ils se font descendre par les Boches, il y aura de la place pour la traversée inverse, c'est fatal. Si ce n'est pas l'Amérique, ce sera le Canada français, ce qui pourrait être plus simple car aucun des deux ne parle anglais. Le vieux dit qu'il en a déjà croisé, des Canadiens français, pendant la Grande Guerre, mais que ce n'est pas facile de les comprendre avec leur accent. Il est d'accord sur une chose, la fin des guerres c'est le meilleur moment pour tout recommencer. « Seulement est-ce que c'est vraiment la fin de la guerre ? On ne sait jamais avec les Allemands. Surtout s'ils reviennent avec les chars, ils sont redoutables. »

Le jour se lève, avec lui, Marthe, Marcel et le bébé. Marcel étend son bras et croise la main minuscule d'Henri qui saisit son doigt. Le petit le serre fort. Il le griffe. Marcel sourit. Marthe reste quelques secondes assise sur le lit, la tête dans ses mains rassemblées en coupe. C'est dur. Elle allume la lampe pigeon, quitte la chambre et descend avec précaution l'escalier qu'elle ne connaît que de la veille. Le père est déjà là, il a ravivé le poêle. Il n'a pas beaucoup dormi. Le sommeil aimerait encore fermer les yeux de Marthe. L'odeur de la chicorée emplit la pièce, le jus est léger. Le même depuis quatre ans. Jamais on n'aurait osé servir ça avant. L'escalier craque. Marcel descend, tout emprunté qu'il est avec Henri dans les bras. Marthe sent de la joie partout dans son corps.

Marcel s'assoit. Le père demande s'il peut l'aider à défoncer un petit bout de terre, presque rien, « mais à mon âge… ». En échange, ils pourraient manger un lapin. Marcel accepte, dit : « Autant s'y mettre tout de suite. » Le père lui tend un morceau de pain.

Tout le matin, Marcel, à la bêche, coupe des carrés de quarante centimètres et retourne la terre sur elle-même. Marcel est sec, ses mains sont celles d'un homme qui travaille depuis quinze ans. Marcel sait de quelle façon on flanche à table, le soir, le nez à quelques centimètres de l'assiette, brisé.

Marthe prépare le lapin que le père a dépouillé. Marcel, sorti de son affaire par les cloches du village, s'arrête à midi, sa chemise de flanelle trempée. Marthe, pour éviter qu'il n'attrape la mort, lui ôte le vêtement et lui ordonne d'aller se sécher. Au soleil, allongé dans l'herbe, Marcel est bien. Le lapin ! Quelle merveille. Le père doit bien avouer qu'il n'a pas si bien mangé depuis la mort de sa femme. Il y a deux ans.

Elle était fragile de la poitrine. Quand elle était petite, elle avait les lèvres bleues. Les médecins expliquaient ça par une maladie du cœur. Elle ne fêterait pas ses vingt ans. Une nuit, une douleur au genou l'avait réveillée, elle avait crié du mal qu'elle avait et de ce qu'elle voyait. Le docteur, appelé de toute urgence, était arrivé à bicyclette. C'était la première fois qu'il était témoin d'une chose pareille. L'incision de quatre centimètres de long qu'il avait pratiquée au scalpel avait permis de libérer de la chair une épingle à nourrice. La petite l'avait avalée quand elle avait trois ans. On avait attendu qu'elle sorte quelques semaines et on avait oublié. Cinq ans plus tard, le morceau de métal libéré par la découpe du médecin s'en était allé. La petite n'avait plus eu les lèvres bleues. Sa fragilité de la poitrine, véritable celle-là, et qui avait fini par l'emporter, s'était développée plus tard.

Le repas achevé, Marcel dort quelques minutes. Le père lui demande de venir l'aider à nettoyer les clapiers et puis ça lui ferait plaisir qu'ils restent une nuit supplémentaire. Il y a encore un peu de lapin pour le soir. Ils refont les litières des bêtes tandis que Marthe joue avec Henri. Qu'il est beau, à bouffer. Le soir, le père bâille à table, il ne supporte pas la bouteille de vin pur qu'ils ont partagée. Marcel et Marthe le conduisent jusqu'à son lit en le soutenant. Le père a les doigts tout tordus.

Ils s'en vont le lendemain avec quelques provisions que le père leur a données et les tickets de beurre qu'il leur a rendus. Il leur propose de revenir à l'occasion s'ils ne trouvent pas de bateau pour l'Amérique. Il leur souhaite bonne chance. Ils promettent de lui écrire. Il fait moins chaud. La marche sur les chemins est agréable. Même la jambe de Marcel, abîmée pendant la drôle de guerre par une chute dans une forêt du Nord, ne le fait pas souffrir. Il est de plus en plus à l'aise pour porter Henri.

La nuit suivante, ils la passent dans une clairière, seuls. C'est une mauvaise idée. La rosée ne leur laisse pas de répit, encore une fois ils ont froid. Ils ne tiennent plus. Ils repartent dans l'obscurité. Comme l'autre nuit, leurs yeux s'habituent mal et ils trébuchent souvent. L'aube est un soulagement.

Ils vont à l'église du premier village qu'ils croisent. Le bedeau est là, qui astique ciboire et patène avec une crème beige. Il leur offre du lait pour le petit et du café avec un morceau de pain. Il leur apprend que, la veille, les Allemands ont mené des attaques par avion à même pas dix kilomètres d'ici et qu'il faut rester sur ses gardes.

Pendant sept jours, ils avancent comme ça, quémandant du lait, un bout de pain, parfois un lit pour dormir.

Deux fois encore la chance leur sourit. C'est quelque chose la chance quand elle a décidé de s'en mêler. La première fois c'est une auto, confortable. Elle est conduite par un sympathique bougre originaire d'un hameau de la Nièvre. Il est représentant dans le chapeau aujourd'hui, après avoir fait mille choses dont une campagne militaire glorieuse dans le Sahara en 1902.

« Quel âge avez-vous donc ?

— Je suis né en 1883, le 12 septembre, le jour de la saint Apollinaire, ce sera mon anniversaire dans trois jours…

— 1883 pour remonter à 1944… soixante et un ans ! Ça, on peut dire que vous ne les faites pas.

— Le travail, mon petit monsieur, le travail… »

Il ne vend que du beau, de la première qualité, à Paris et ailleurs, pourvu que les gens aient du goût. Il les fait bondir de deux cents kilomètres dans la journée. Plein ouest.

La seconde fois, ils sont dans la Sarthe depuis la veille. Si on avait dit à Marthe qu'un jour elle irait dans la Sarthe elle y aurait cru autant que si on lui avait dit qu'elle visiterait l'Australie, les kangourous qui cachent leurs petits dans des poches et passent leur temps à faire de la boxe. Ils frappent à la porte d'une maison isolée d'un village du nom d'Ardenay-sur-Mérize.

Une dame, avec un bébé dans les bras, ouvre. C'est un coup de foudre à mettre le feu aux grands arbres des forêts de leur vie d'avant. La dame, Marie-Thérèse, bien mise. Elle a les cheveux arrangés à la mode. Elle les invite à entrer : « Vous m'expliquerez à l'intérieur. » Et ça cause. Marie-Thérèse comprend très bien, ils peuvent rester, il y a de la place, on avisera plus tard. Son bébé s'appelle Jean, il a deux mois de plus qu'Henri.

Gérard, ventre de préfet, cou épais, oreilles pointues, sourire dans la fossette, rentre. Il arrive de la pêche. Marie-Thérèse le met au courant de la situation, « Eh bien, tu les as installés, j'espère », il ne pourra pas rester longtemps. Il faut l'appeler Gégé, comme tout le monde. Il donne à Marcel et à Marthe un morceau de bon pain qu'il sort de sa musette.

« Les poissons se sont mis en tête de me faire rentrer bredouille… »

Le pain c'est son métier. Il est ouvrier boulanger dans la grande boulangerie d'un village à côté. Il s'y rend à vélo tous les soirs et vers sept heures, le travail terminé, il se couche dans le lit chaud de Marie-Thérèse. Demain, ils feront mieux connaissance. Quelques minutes plus tard, il enjambe sa bicyclette, il dit : « Allez à demain tout le monde. » Marthe répond :

« Merci, bon courage, Gégé. »

Marie-Thérèse propose de boire un peu de bouillon dans le jardin. Le soir est doux, ça sent le mimosa et la menthe poivrée. Marie-Thérèse et Marthe s'amusent à faire se regarder les bébés. Ils rient. Marcel observe tout ça.

Vers midi, comme chaque jour, Gérard se réveille. Il descend dans la cuisine et fait couler son jus. Dans le jardin il y a les trois invités, il vient leur souhaiter le bonjour. Gérard tend le journal qu'il a rapporté du village. Il y est écrit que les Allemands sont partout en déroute. On va fêter ça.

C'est un petit repas de baptême, du bon pain, un poulet entier, des pommes de terre. En dessert, des mûres de derrière la maison et même un fond de goutte. Les petits sont à la sieste. Comme Marcel et Marthe, Gérard et Marie-Thérèse ont attendu près de dix ans pour avoir leur bébé, raison de plus pour en prendre soin.

C'est en fin de repas que Gérard leur propose de rester quelque temps. La maison est grande, il pourra sûrement trouver un travail de tâcheron à Marcel et puis ce seront bientôt les vendanges, « Oh pas grand-chose par chez nous mais tout de même », puis le maïs et les semis. Six mois de travail assurés. Marie-Thérèse dit que c'est une riche idée. Marthe est de cet avis. Marcel hésite car il a peur que ce coup d'arrêt ne bloque son projet pour l'Amérique. Après tout, les Américains pourraient atteindre Berlin plus vite que prévu et s'en retourner chez eux, les places de Marcel, Marthe et Henri sous le bras. Il dit : « Bon, le temps des vendanges déjà, on verra après. » Gérard va chercher des cigarettes et en offre une à Marcel, il tire dessus, faut voir, on croirait que c'est la dernière.

Marcel travaille à la journée chez les paysans du coin. Il n'est que de nerfs, il connaît la terre. Tout le monde est content de lui. On ne lui pose pas de questions, pourvu que tout soit fait en temps et en heure, et ça l'est. Gérard vient souvent boire le coup avec lui avant d'aller à la boulangerie, histoire de discuter un peu, de faire le point sur la vie qui avance.

Le dimanche qui suit la fin des vendanges, Marie-Thérèse propose d'aller déjeuner à la rivière. Ils s'enfoncent dans la forêt par un chemin étroit et long de près d'un kilomètre. La rivière est là, elle coupe en deux une clairière entourée de pins et de quelques bouleaux. « C'est le Narais, dit Gérard, on sera bien pour le pique-nique. » Gérard a préparé une tarte aux figues pour l'occasion, il clame qu'on va se taper la cloche, qu'on a bien le droit, pour une fois. Après le repas, repus, la cloche tapée comme promis, ils s'endorment en même temps que les bébés malgré les herbes folles qui leur picotent le cou. Au réveil, les muscles étirés, la bouche encore pâteuse, Gérard propose d'aller pêcher.

Ils laissent femmes et enfants, direction un virage en S au creux duquel se cachent souvent des truites. Deux vers sont accrochés à leurs hameçons, jetés en pâture au milieu de la rivière. Après quelques passages devant le trou, ça commence à bouger. Une fario, on la voit du bord, s'approche de la ligne de Gérard et tape avec le bout de sa gueule sur l'appât qui a fini de se dandiner. Le silence est total. Soudain, la truite, rendue folle par le désir de croquer, happe le tout et l'emmène dans le fond de son trou. Gérard ferre, bataille un peu pour le spectacle, et ramène la bête délicatement vers le bord en faisant attention de ne pas casser. C'est une belle pièce, les deux hommes se regardent. Ils sont fiers comme des papes.

Gérard montre du doigt le moulin abandonné cent cinquante mètres en amont. Marcel le regarde, admiratif, et demande si on peut aller y jeter un œil. Gérard répond : « Pourquoi pas. » Les deux copains se fraient un chemin, louvoient entre orties et fougères.

Le moulin, ouvert aux vents, tuiles manquantes, roue disparue, donne à voir sur sa façade les pierres pâles de la région.

« Sais-tu s'il y a une route plus commode pour accéder ? s'enquiert Marcel.

— Dans le temps, il y avait un chemin, je m'en souviens pour y avoir joué quand j'étais gamin. Il mène à la route qu'on a empruntée tout à l'heure, il doit être quelque part, enfoui sous les herbes. Ça se dégage ce genre de chemin, c'est le coup d'une matinée de faux une fois que t'as repéré le sillage.

— Et le propriétaire, il ne l'entretient plus ? C'est malheureux tout de même, une belle bâtisse comme ça…

— Le propriétaire c'est un rupin du Mans, il est notaire ou bien juge. Il paraît que des biens comme celui-là il ne sait plus combien il en a. »

L'idée surgit dans la tête de Marcel et il en fait part à Gérard :

« Crois-tu qu'il le louerait, contre quelques travaux et une petite rente ?

— Je n'en sais rien, il faudrait aller demander au maire, lui saurait sans doute…

— Je vais y réfléchir, mais on garde ça pour nous, je ne voudrais pas que les femmes se montent la tête, tu sais comment que c'est. »

Gérard et Marcel retournent près de leurs épouses, ils badinent sur leurs talents de pêcheurs. Henri et Jean font des risettes. « Venez faire trempette, propose Marie-Thérèse.

— Pourquoi pas, toi d'abord…

— Oh ce qu'elle est glacée ! Fais attention, ma belle, mais viens donc, ça fait du bien. »

Marthe entre dans l'eau, pas vite, les pieds puis les chevilles. Elle ne veut pas aller trop loin.

Les deux hommes ont le torse nu. Le dos de Gérard est fripé, souvenir de l'explosion d'un four et du brasier qui avait suivi et dont il avait sauvé son maître d'apprentissage. Marthe, les genoux à l'air maintenant, a peur que Gérard la regarde et que Marcel le voie. C'est son mal la jalousie. La seule fois où il s'est battu, c'était pour ça. Marcel avait cogné comme un sourd, à s'en briser une phalange, celle de l'annulaire gauche. Son doigt, resté croche, n'avait jamais pu accueillir l'alliance ensuite, si bien qu'il la portait à la main droite.

Le surlendemain, mardi donc, Gérard conduit Marcel chez le maire. Le maire, André, est rouquin à ce qu'on le surnomme McGregor ou O'Leary, blanc comme un linceul, été comme hiver, semi-boiteux les jours de pluie. Marcel le connaît déjà sans savoir car il a vendangé chez lui la semaine d'avant.

« Salut les gars, entrez donc.

— Bonjour André, tu ne m'avais pas dit que tu étais le maire…

— Il faut dire que tu ne me l'as pas demandé », rétorque André, narquois, et content de son mot.

Marcel sourit. Il trouve ça bien les hommes qui ne la ramènent pas avec les fonctions et les titres. Par politesse, il demande s'il faut le vouvoyer. André l'envoie gentiment sur les roses.

« Ah c'est un drôle ton copain, ajoute le maire en cherchant le regard complice de Gérard.

— Sûr ! surenchérit Gérard, il faut croire qu'il voudrait rester dans les parages pour continuer de nous faire marrer. À ce propos, on voulait te demander une chose, tu sais, le moulin sur le Narais, Marcel aimerait le louer. Il propose de prendre les travaux à sa charge dans un premier temps.

— Le propriétaire c'est un notaire du Mans.

— Oui c'est ce que j'ai dit à Marcel, un notaire c'est ça, je ne me souvenais plus bien s'il était juge…

— Le souci c'est que ça ne va pas être simple de le contacter car il s'est fait la belle un peu avant l'arrivée des Alliés. Il doit être quelque part en direction du Reichstag. Si vous voulez mon avis, il fait bien. Je connais deux ou trois gusses qui aimeraient lui poser des questions.

— Mince alors, ça fait que je ne pourrai pas lui louer…

— Lui louer sûrement pas, non, mais rien t'interdit de l'habiter en attendant la suite. En tout cas, je n'irai pas prévenir les gendarmes et le notaire non plus. Après, ça va demander de l'effort de le remettre à peu près propre et il faudra trouver du mobilier. Qu'en penses-tu ?

— Je pense que le travail ne me fait pas peur et que si tu es d'accord alors je commence tout de suite.

— Au cas où les gendarmes viendraient te trouver, tu leur dis de venir me voir… »

L'après-midi qui suit, après un déjeuner joyeux avec Marthe et Marie-Thérèse à tirer des plans sur la comète, Gérard et Marcel évaluent le travail nécessaire.

« Il te faudrait au moins dix jours complets, quinze, pour que ce soit simplement habitable. Mais il faut aussi que tu travailles, alors ça te prendra plus d'un mois. D'ici là vous restez à la maison. Dès que je pourrai, je viendrai t'aider. »

Pendant le mois suivant, Marcel évacue des gravats, répare ce qui peut l'être, remplace le reste. Il faut replacer les tuiles tombées au sol, creuser des tranchées pour évacuer les eaux de pluie, maçonner les murs en contact avec la rivière…

Jamais Marcel, qui n'a pas la réputation d'être du parti des fainéants, n'a travaillé avec autant d'ardeur, avec autant d'enthousiasme. C'est nécessaire, il faut que ça avance. Le soir, à table, il ne parle pas beaucoup et ni Marthe ni Marie-Thérèse ne le sollicitent. On respecte sa fatigue, ses courbatures. Les midis, entre deux tâches aux champs, il casse la croûte au moulin avec Gérard et ils avancent encore un peu. Gérard en remet un coup au saut de ses siestes, qu'il a raccourcies le temps des travaux. Vingt-sept jours ont passé depuis que le maire a donné son autorisation. Et cette nuit sera la première dans le moulin. Henri a encore grandi. Deux dents ont poussé, cinq jours à pleurer, à frotter du sucre sur les gencives, à lui dire : « Là, là, là, ça va passer », pauvre petit coco. Ce soir tout va bien.

Pour fêter l'événement, on a préparé un morceau de cochon qui a chauffé plusieurs heures, tout doux, sur le vieux poêle prêté par le ferronnier. Gérard, Marie-Thérèse et Jean sont invités. Ils ne découvrent pas la maison. Ils sont venus chaque jour, soit pour aider, soit pour apporter de l'eau ou à manger. Cette fois, pourtant, c'est spécial. Ils sont arrivés au bout de quelque chose. Marie-Thérèse et Gérard ont un peu de chagrin de les voir partir. On vit des choses un temps et on s'y habitue. C'est difficile de se détacher de ce que l'on a aimé.

La soirée est pleine de rires, d'anecdotes sur ces semaines passées ensemble. Ce n'est pas l'alcool, l'euphorie, ou une maladresse qui fera dire la vérité à Marthe et à Marcel. Ils avaient décidé de le faire dans l'après-midi. C'est Marthe qui a proposé et Marcel a tout de suite accepté. Ils leur devaient bien ça à Gérard et à Marie-Thérèse, autant par honnêteté que par décence pour des gens qui ne leur avaient jamais demandé de comptes, pour des gens qui leur avaient fait confiance et leur avaient offert leur amitié. Une amitié réelle, de celles qui vous arrachent des larmes lorsqu'on y pense. Alors ils le disent.

Henri n'est pas leur bébé. Marcel précise qu'ils l'ont, comme qui dirait, volé. Volé aux Allemands. C'est pour ça qu'ils se sont enfuis, qu'ils ont battu la campagne des jours durant, et qu'ils ont mendié leur pain.

Une nouvelle lettre. Julien est à Lorient. Sa compagnie en fait le siège depuis le mois de novembre, plus d'un mois qu'il est là. C'est peu dire que la maison lui manque et qu'il a hâte que tout ça se termine. Il pourra écrire davantage car il ne devrait plus changer de cantonnement jusqu'à ce que les Allemands se rendent. Voici l'adresse à laquelle on pourra lui envoyer des lettres et même des colis au cas où, mais il ne faut pas se sentir obligé. Les chaussures militaires américaines lui tiennent bien chaud par ce froid de canard même s'il court plus vite en sabots, et bon anniversaire à Pierre avec beaucoup de retard et bon anniversaire au père avec un peu d'avance.

Sitôt la lettre non pas lue mais dévorée, la mère se met en tête de lui préparer un colis pour la Noël. Des chaussettes en bonne laine, du cidre, du savon, une salaison de pâté du chevreuil plombé par le père en octobre, du tabac pour se faire des copains. Pierre est chargé de l'apporter à la poste le plus vite possible. Seulement Pierre répond que non, il ne le déposera pas, il a une meilleure idée.

« Tu n'y penses pas !?

— Et alors, quoi ? Ça lui fera les mollets à ton gars, se réjouit Léon. Il a bien raison ! J'aurais fait la même chose à son âge.

— Toi, bien entendu, dès qu'il y a de l'aventure, tu l'encourages, le jour où il lui arrivera quelque chose, tu t'en voudras tout le reste de ta vie.

— Maman, je suis sûr que je peux le faire, Lorient ce n'est pas si loin, et imagine la tête de Julien quand il va me voir avec le colis.

— Tu parles ! Il te faudra des jours pour arriver là-bas, les ampoules de tes pieds encore tendres vont t'arrêter à mi-chemin et tu seras bien en peine de rentrer.

— Je pourrais prendre la bicyclette de papa.

— Et comment que j'irais à la carrière ?

— On n'a pas d'autre vélo, se rassure la mère.

— Je vais lui en dégotter un, c'est comme s'il l'avait déjà, va te procurer des lunettes de cycliste, demande à un copain, des belles, avec du caoutchouc autour, et tu pars ! »

Le père a le chic pour trouver une solution à tout. Il débarque avec l'engin une heure plus tard, heureux de sa trouvaille.

« Un vélo de femme ?

— Eh oui, un vélo de femme ! Bah alors, c'est la même chose, non ? C'est celui de Mado Mahé. Elle n'était pas chaude. Il faudra que tu fasses attention de ne pas te le faire voler. Il y a des rustines dans la sacoche si tu crèves le pneu arrière, c'est un boyau plein à l'avant, tu seras tranquille de ce côté-là.

— Je ne vais quand même pas faire autant de kilomètres sur un vélo de femme…

— Mais je t'en prie, va donc trouver un vélo d'homme. Prends-le avec deux roues si tu peux, et des manivelles.

— Ça ne se trouve pas à Plaintel ?

— Depuis que les Allemands ont piqué les bécanes c'est moins facile. Oh, ça se trouve encore, ou plutôt ça se paye. Ça sera donc comme ça et pas autrement. »

Le lendemain. La nuit s'en va. Le colis est harnaché sur le porte-bagages avant de Pierre qui part retrouver son frère. Quel froid. Mais quel froid ! Et l'hiver qui ne sera réellement là que jeudi prochain.

C'est l'expédition. Pierre prend la direction de Loudéac par la route qui coupe la forêt de Lorge. Deux heures qu'il est parti. Déjà, il est perdu. Il fait trois fois le tour de l'étang du Pas, avant qu'on lui indique la bonne direction.

« Où c'est que tu files comme ça, petit ?

— À la guerre !

— Eh bien j'espère qu'elle n'est pas pressée, la guerre… »

À Loudéac, il est plus de midi. Pierre casse la croûte et repart. Le vent du nord, glacé, le pousse vers Julien.

Pierre arrive à Pontivy. La nuit commence à tomber et Pierre a mal au cul, pire que les coups que lui mettait l'autre âne à l'école. Contre quelques tickets, Pierre obtient d'une gentille dame la soupe et un lit. Il dort du sommeil des sportifs, un sommeil lourd et gros.

Au réveil, la douleur au cul, c'est comme si ses os allaient percer ses fesses. Comment va-t-il aller jusqu'à Lorient ? La dame voit Pierre se tortiller sur sa chaise, s'enquiert de son problème. Pierre, que la réserve ou la honte ont souvent empêché de s'exprimer comme il voudrait, dit que tout va bien. Au moment du départ, elle lui tend un pot contenant une crème et dit :

« Tiens, si des fois tu avais mal à cause de la selle. »

Il n'a pas fait un kilomètre que, caché dans un fossé, il se passe la pommade. Dieu que c'est bon ! Ah, la gentille dame ! Le froid est toujours aussi vif mais le ciel est d'un bleu de moisson. La route est agréable.

Pierre crève de l'arrière, le père a prévu le coup et a fourni colle et rustines, seulement, dans sa hâte, il a oublié la pompe à vélo, ce qui rend la réparation impossible. L'étourdi. Alors Pierre marche, bicyclette au côté, jusqu'à un patelin du nom de Baud. Il répare la chambre à air et on la lui gonfle.

« Quel âge tu as ?

— Quinze ans, tout juste.

— Quand c'est que t'es né ?

— En 29, pendant le krach en Amérique.

— En 29 ? Comme le petit Mathurin… »

Le petit Mathurin a été fusillé en février par les Allemands en même temps qu'Alphonse, Georges et Émile.

Pierre ne répond pas, il n'aime pas les histoires de guerre.

La nuit venue, il reste encore une petite trotte à parcourir. La lampe électrique ne tiendra pas longtemps, a prévenu la mère. Le mieux est encore de s'arrêter. Une ferme seule, et un gars dedans qui ouvre la porte. Il a la tête coiffée d'une casquette de chasse, la voix aiguë et de l'agressivité plein les mots. Plutôt que de demander le gîte, Pierre prétexte la soif pour justifier sa venue. L'eau est couleur de rouille.

« Allez, bois, gamin ! »

Pierre boit malgré le dégoût. L'homme ne l'a pas quitté des yeux. Des yeux de fou.

« Bien, gamin. T'as besoin d'autre chose ? »

Pierre fait signe que non. L'homme le dévisage, il a les pommettes remontées comme si elles voulaient quitter ses joues et grimper sur les tempes. Pierre file. Il n'ose pas vérifier si l'homme continue de le regarder ou bien s'il lui court après. Au village suivant, il explique où il s'est arrêté et on lui dit :

« Chez Louitao ?! Tu t'es arrêté chez le phénomène ? Tu as bien fait de continuer ton chemin. Tu ne te serais peut-être pas réveillé vivant demain matin… »

L'angoisse monte en Pierre. Il ne saisit pas que la bande se joue de lui. On lui trouve une famille pour l'accueillir. Il donne le reste des tickets. Pour le retour, on verra bien.

Encore une trentaine de kilomètres, deux heures, et il reverra Julien.

Il est arrêté à un barrage tenu par des soldats français. Il montre la lettre de son frère et explique qu'il veut aller lui porter le colis. Les soldats demandent s'il a traversé la Bretagne rien que pour ça et Pierre répond que oui, bien sûr, il aurait pu traverser la France de même.

Les soldats lui expliquent où trouver la compagnie de Julien. Il est allé trop loin, son frère, s'il y est toujours, devrait se trouver dans un baraquement à l'entrée de la ria d'Étel. Il faut faire demi-tour et demander. Il en a pour une demi-heure à tout casser.

Et au loin, pour la première fois, l'océan. C'est sacrément grand. Pierre n'est pas bouleversé. La mer, comme les morts avant le soldat étendu sur le givre, sans l'avoir jamais vue, il a toujours vécu avec. La mer est un peu de sa famille. Il se dit qu'il faudra qu'il apprenne à nager un jour.

Pierre est arrêté deux fois encore sur le chemin. On lui confirme qu'il est sur la bonne route. À chaque tour de pédale, c'est comme s'il ramenait Julien avec son moulinet. Comme ces truites qu'il déloge des chaos du Gouët. Il a tellement envie de voir son frère qu'il pourrait en pleurer. Le dernier barrage est le bon. Il y a des chars deux cents mètres derrière. On lui dit de descendre de son vélo et de marcher jusqu'aux baraques plus loin.

Pierre marche. Il admire les soldats qui assiègent les Allemands. Il leur imagine des vies fantastiques, faites d'exploits. Dans ces vies, la peur, la fatigue, la mort, la douleur, la solitude, le manque de chair, la misère, les moments où on se cache pour libérer les larmes, n'existent pas. Elles sont belles, les vies rêvées.

Il est là, au milieu de la cour. Il coupe les cheveux d'un autre soldat. Pierre appelle son frère, crie :

« Julien ! » Et Julien le voit, arrête de jouer du ciseau et marche vers Pierre, relax, comme s'il se pointait de retour du travail.

Julien demande : « Mais qu'est-ce que tu fais ici ? » Pierre répond qu'il est venu apporter un morceau de pâté pour la Noël, que la mère y tenait. Et ils se serrent comme savent faire les frères. Pierre sent que Julien s'est remplumé depuis le mois d'août. Pierre, quant à lui, a pris quatre centimètres en quatre mois et sa voix commence à muer. Un homme de quinze ans.

Le temps passé avec Julien, ces deux jours en compagnie de son frère, Pierre ne cessera de les raconter chaque fois que l'occasion se présentera. Ce sera sa grande histoire.

À la fin des deux jours, un lieutenant vient trouver Julien pour lui conseiller de faire rentrer son frère car ça risque de taper dès le lendemain. Il fait bien. La bataille est terrible et Pierre, entendant le bruit de la guerre dans son dos au retour, a de nouveau envie de pleurer en pensant au courage de son frère.

Le 8 mai 1945, la guerre s'arrête. Pour Pierre, elle ne se termine que le 29 août, quand Julien revient à la maison, le temps d'expliquer qu'il rempile et qu'il part en Allemagne avec l'armée d'occupation.

Voici le temps de la paix.

En mars 1946, Pierre a seize ans, il est sur la ligne de départ de la première course cycliste de sa vie. Son père n'a pas voulu lui prêter son vélo, alors il a emprunté celui de Mado Mahé avec lequel il a traversé la Bretagne pour aller voir son frère à Noël, il y a un peu plus d'un an. La course s'élance, le peloton sent l'huile camphrée, la graisse et la transpiration. Pierre, qui ne connaît rien à la stratégie, saute sur tout ce qui bouge et finit la course les jambes dures comme le granit que taille Léon. Il est deuxième. Un exploit qu'il doit à sa teigne et à deux mollets superbes. Deuxième avec un vélo de femme…

Pierre prend goût à la compétition, à l'odeur des kermesses au bord des routes, il aime bien aussi qu'on crie son nom.

Pour la saison 47, Pierre est recruté par le club cycliste de Saint-Brieuc, on lui prête un vélo, mais il est trop grand pour lui. S'il veut, on peut lui trouver une place à l'usine Sambre et Meuse, ça paie mieux que la mécanique agricole et la route pour s'y rendre lui servira d'entraînement. Il accepte et ajoute une sortie de soixante kilomètres en supplément le mercredi. Pierre arrive chaud aux courses puisqu'il fait la route à vélo jusqu'au départ. À la fin de la saison, les primes accumulées lui permettent de s'acheter une bicyclette à sa taille.

Et alors, les bras de Pierre vont se lever au minimum dix fois par an. Il est redoutable. On lui conseille de passer professionnel, au moins une saison, pour voir. En attendant, il monte une mafia avec les cinq ou six autres meilleurs coureurs du coin et ils tondent les nouveaux. « Mais vas-y, roule donc, petit ! » Et qu'on les saute sur la ligne à chaque prime et qu'on embraye derrière eux à la moindre attaque, et qu'on les fait cravacher encore, et qu'on gagne à tour de rôle et qu'on partage les sous après. Ça paie les boyaux et un peu plus, le coup à la sortie de la boîte, ou une bolée dans les bals de l'hiver.

Son père est mort. À l'été 48, alors que Pierre était parti depuis quelques mois au régiment, les poumons de Léon l'ont lâché. Il s'est mis à tousser un matin et deux mois après il était parti. La malheureuse mère. Comme elle a pu le pleurer. Un bon mari comme ça.

Julien, le frère, ne voit la tombe de son père que trois mois plus tard, à son retour d'Indochine, l'index gauche amputé, résultat d'une écorchure qui s'est infectée, mais qui ne l'empêche pas de tirer propre et net comme avant. Devant la tombe, taillée par les collègues, offerte par le patron, d'une jolie veine de granit bleu, il pense : *mon pauvre papa.* Il fait son compte : il n'a revu son père que deux fois depuis le jour où il lui a manqué de respect. *Pauvre papa*, oui.

Avec l'économie sur ses soldes et un petit endettement, Julien propose à Pierre de racheter sa part sur la maison et promet de subvenir aux besoins de la mère. Pierre accepte, il dit que les histoires d'argent mieux vaut les éviter, surtout en famille. Pierre versera un loyer à son aîné pour pouvoir occuper sa chambre, et comme contribution à l'électricité qui vient d'être installée. À la mère, il donnera une part sur sa paie pour les repas et le linge.

Les bals donc, Pierre s'y rend les dimanches hors courses après avoir passé la matinée à la chasse. Il y croise Éliane, nez droit et front haut, sourire facile, la fille du maréchal-ferrant de Saint-Brandan. Pierre l'invite à danser. La copine d'Éliane, qui connaît bien Pierre, lui glisse à l'oreille qu'il faut qu'elle dise non. Pierre c'est le plus gros maquereau de Plaintel. Tout le monde sait ça. Et pourtant, la voilà partie, Éliane. Et Pierre qui la fait valser, qui la fait tournoyer, et qui sent bon l'eau de Cologne, et qui n'attend que quelques minutes pour lui dire bien des choses. La copine peut la mettre en garde. C'est trop tard. Ils se trouvent un point commun : ils ont vu le soldat tué d'une balle derrière l'oreille en 44. Pierre et Éliane se souviennent du sang et du givre. Pierre lui parle de vélo et Éliane lui fait remarquer qu'il a des faux airs de Jean Robic.

« On te l'a déjà dit ? »

Éliane encourage Pierre au bord des routes. Éliane attend son retour de l'usine. Éliane lui fait six enfants. Éliane se souvient avec mélancolie du jour où son Pierrot, quelques semaines après ce premier bal, l'avait appelée : « mon petit pigeon poilu ».

Henri cavale vers le moulin, deux chutes rattrapées sur le fil, il crie, du haut de ses six ans : « Papa, papa, il y a des messieurs qui veulent te voir ! »

Ils sont quatre, l'air méchant, des colosses, manches retroussées, bouches closes. Marcel va au-devant d'eux avec le ventre serré, comme à chaque fois que des étrangers se présentent chez lui. Ce n'est pas souvent. Il leur dit bonjour. Ils ne prennent pas la peine de répondre. L'un d'eux dit :

« Vous n'êtes pas chez vous, il faut partir.

— J'ai l'accord du maire. J'entretiens le moulin, se défend Marcel. En échange de ça, je l'habite avec ma femme et mon gars. Je ne délabre rien, bien au contraire, vous auriez vu l'état quand on est arrivés ! Le propriétaire est en prison. Il a travaillé pour la Gestapo. Il aurait mérité d'être pendu cette vache-là.

— Eh bien, ton vœu est exaucé. Il s'est pendu à Noël. » Marcel reste pantois.

« Seulement, il a un fils qui compte récupérer son bien. C'est lui qui nous envoie. Il te laisse une semaine.

— Une semaine ? C'est trop court ! Jamais on ne pourra partir en une semaine.

— Une semaine ! Après ça, il enverra les gendarmes.

— Les gendarmes sont au courant, ils sont d'accord.

— Ils sont d'accord tant que personne ne réclame rien. Je te prie de croire que le fils saura faire valoir ses droits… »

Marcel veut continuer de plaider sa cause mais les quatre n'en ont rien à faire et ils partent. Quand il rentre dans la maison il n'a pas besoin de tout expliquer à Marthe. Elle a observé la scène et a vite compris. Ce qui la choque le plus, ce n'est pas le délai, c'est qu'on ait fait venir quatre hommes pour les menacer. Bien sûr qu'ils vont partir puisqu'on le leur demande. Ce n'était pas nécessaire de faire venir ces brutes.

« Comment on va faire ?

— Je ne sais pas, ma pauvre. Je vais aller trouver le maire, il aura peut-être une idée. »

Le maire est en réunion. Derrière la porte, Marcel élabore mille possibilités, imagine les solutions que va leur trouver André. Ça ne peut pas s'arrêter, n'est-ce pas ? Son moulin, qu'il a remis en état de ses mains, l'endroit qui rend Marthe si heureuse, qui emplit son cœur de joie, et la roue réinstallée il y a moins d'un an et dont le son apaisant, presque hypnotique, les fait tous si bien dormir.

La poignée de main à André est tremblante, les mots ont de la peine à sortir.

« Tu viens à cause du fils, c'est ça ?

— Tu es au courant ?

— Oui, il y a quatre bonshommes qui sont passés à la mairie, pour se signaler.

— Ce sont les quatre qui sont venus chez moi, des voyous !

— Peut-être bien, Marcel. Ils vous ont menacés ?

— Non, ils ne nous ont pas touchés, mais ils ont fait peur à Marthe. Ils veulent qu'on parte.

— Je sais, c'est ce qu'ils ont dit au secrétaire, qu'ils venaient te mettre en demeure de partir.

— Qu'est-ce qu'on peut faire, as-tu une idée ? Il n'y a pas des lois pour les maisons abandonnées ? Plus de six ans qu'on est dedans ! Il y a bien des lois qui existent, c'est forcé, il y a des lois pour tout…

— Moi je n'en sais rien. Je vais me renseigner. Vous devez quitter la maison quand ?

— Ils ont dit une semaine.

— Une semaine ? Mais c'est trop court, comment vous allez faire ? »

Marcel, qui manipule sa casquette plate en tous sens, dit qu'il ne sait pas, ça se mélange dans sa tête.

« Ah les vaches ! » conclut-il. André promet de faire son possible.

Il ne reste que cinq jours quand le maire se présente au moulin.

« Bonjour Marthe, comment vas-tu ? Il est là ton bonhomme ?

— Je vais le chercher, il travaille là-bas derrière. »

Marcel serre la main du maire, ils s'assoient à table, Marthe leur verse un verre de vin sans même demander.

« Bon. J'ai parlé au fils au téléphone. Je ne savais pas trop comment m'y prendre, alors je lui ai rappelé le passé de son père en pensant que ça lui couperait l'envie de faire trop de tapage…

— Bonne idée ! Le fumier, ça donnera toujours que du fumier.

— Sauf quand c'est mis sur la bonne terre, tu devrais savoir ça, Marcel…

— Oui, enfin, un fils de salaud comme ça.

— Eh bien, le fils de salaud, comme tu dis, a fait toute sa guerre dans un maquis du côté de Saumur et il a été décoré par de Gaulle en personne ! »

Marthe porte les mains à sa bouche.

« Décoré par de Gaulle ? Mon Dieu, c'est pas vrai…

— Si c'est vrai ! Qu'est-ce que tu veux dire à quelqu'un comme ça ?

— Rien évidemment, rien du tout, admet Marcel.

— Comme j'ai insisté, il a tout de même accordé une semaine de plus, mais ensuite ce sera *niet*.

— Il ne voudrait pas nous le louer ?

— Non, malheureusement. Il est résolu à le vendre.

— Eh, combien il en veut, lui as-tu demandé ?

— Quatre millions de francs…

— Mais il est fou !?

— Tes travaux et l'entretien apporté par Marthe ont donné de la valeur au moulin. Il me l'a dit lui-même.

— Quatre millions… C'est mort. Avec ma paie de tâcheron et même si j'en faisais le double, jamais je pourrais l'acheter.

— Je sais bien, je sais bien…

— Merci tout de même, André. »

Quatre millions de francs… À Marthe, Marcel dit le soir qu'il faut se résigner, qu'il y a quand même eu de bons moments. C'était bien, pas vrai ? Marthe dit que oui, on a été heureux, on pourra l'être encore ailleurs. C'est sûr. Ce qui lui fait mal à Marthe, tu comprends, c'est de quitter sa maison, celle où Henri a fait ses premiers pas. Celle où il a pris tant de gamelles. Marcel répond qu'il sait, qu'ils vont trouver un endroit où habiter et puis André, le maire, n'a pas dit son dernier mot. On ne sait jamais. Le sommeil est dur à trouver ce soir.

Le midi qui suit, Gérard arrive avec une miche de bon pain. Il veut leur faire une proposition. Il a parlé avec le maire, il ne leur en veut pas que Marcel ne lui ait rien dit. Quelle crasse on leur fait.

Peu de temps après la fin de la guerre, Gérard a racheté la boulangerie dans laquelle il était ouvrier. Tout le monde sait que les affaires vont bien. Il dit qu'il veut acheter le moulin et le terrain autour, qui comprend la prairie près de la rivière où ils sont allés se baigner la première fois tous les six. « Tu te rappelles comme on était bien ce jour-là ? » Il dit qu'il y pensait depuis longtemps, que ce serait un rêve pour lui de posséder un des endroits où il jouait quand il était gamin. Seulement, il y a une condition : il veut que Marcel, Marthe et Henri restent vivre au moulin. Il leur demandera de l'entretenir comme ils l'ont toujours fait et aussi un petit loyer pour aider à payer les traites.

« Vous accepteriez que je sois votre propriétaire ?

— Ce serait un honneur », répond Marcel.

Marthe ne parle pas. Elle part chercher une bouteille de vin, deux grands verres pleins pour les hommes, un fond avec un peu d'eau pour elle. On trinque à l'amitié et à l'avenir.

Seulement trois jours plus tard, l'espoir s'en va. Gérard a rencontré le fils dans une brasserie du Mans.

Celui-ci ne pensait pas que le moulin intéresserait quelqu'un si vite. Alors quatre millions avec le terrain autour, ce n'est pas grand-chose au bout du compte. Ça fait qu'il en demande six, allez disons cinq et demi, mais pas un franc de moins.

« Seulement c'est de trop pour moi », dit Gérard, dépité.

Marthe a le menton qui tremble. Gérard aussi a du chagrin, il ne s'en cache pas. Et Marie-Thérèse y va de ses larmes. Marcel ne dit rien.

L'avenir sera ailleurs.

Henri et Jean jouent dehors près de la rivière. Bien prudents, ils jettent des cailloux à des dizaines de poissons imaginaires et s'enfuient de peur qu'ils ne se vengent.

Où aller ? Les bateaux américains sont rentrés depuis longtemps. Ils n'ont pas assez d'argent pour louer une maison dans les environs, le travail pour les journaliers manque. Marie-Thérèse évoque sa cousine en Bretagne. Son mari travaille dans une usine de Saint-Brieuc, dans les Côtes-du-Nord, et on recrute, paraît-il. Elle peut lui écrire pour savoir s'il y aurait une place pour Marcel ? Marthe répond : « Pourquoi pas. »

Le télégramme de retour annonce la bonne nouvelle, oui, on embauche et oui, Pierre, le mari de la cousine, pourra le recommander. Le soir, les bagages, maigres, sont faits, les meubles rendus à ceux, nombreux, qui avaient bien voulu les prêter. Le lendemain, ils prennent le train à la gare du Mans. Tout le monde pleure. On promet de s'écrire. On s'étreint une dernière fois. Le train s'en va vers l'ouest.

Éliane, la cousine, et Pierre, son mari tout neuf, les attendent en gare de Saint-Brieuc. Ils les accompagnent vers un petit meublé pas loin, qu'on peut louer à la semaine ou au mois. Pierre s'est occupé de tout. Marthe pense à son moulin. Vide. Sans eux. Le garni est minuscule, on entend les voisins, ils rient. C'est déjà ça. Mais c'est difficile de garder le sourire.

Pierre et Éliane se rendent compte de toute la peine qu'ont ces gens qu'ils viennent de rencontrer et qui les touchent. Pierre propose d'aller dîner dehors, quelque chose de simple, un morceau de rôti froid et une macédoine par exemple. Le repas est agréable. Marcel, Marthe et le petit rentrent dans leur nouvel appartement.

Marcel se présente à l'usine. Pierre lui fait rencontrer son contremaître et tout est réglé dans l'heure. Il fait partie des cinq cents ouvriers. Il prend son poste au fraisage. C'est une tâche minutieuse qui demande de la concentration. Marcel, qui travaille pour la première fois de sa vie avec autre chose que le ciel au-dessus de la tête, s'en sort bien.

À dix heures, il boit le coup avec les gars. On lui apprend que l'usine s'appelle Sambre et Meuse car elle a été créée dans l'Est. Elle a été déplacée à la fin des années trente pour être éloignée de l'Allemagne. Dans l'absolu, ce n'était pas une mauvaise idée, même si ça n'a pas servi à grand-chose, et pendant la guerre on a été contraints de fabriquer des pièces de chars pour la Wehrmacht. On n'en est pas fiers, seulement que veux-tu…

On lui demande s'il est rouge et Marcel répond que non, mais qu'une chose est sûre : il n'est pas du côté des patrons. On lui explique que le directeur n'est pas mauvais et que le contremaître qu'on appelle « le chef » demande simplement que le travail soit fait. À quatorze heures, la journée de travail pour son huit enfin close, Marcel propose à Pierre d'aller boire un canon. Il veut le remercier de tout ce qu'il a fait pour eux, mais Pierre décline car le dimanche qui vient il participe à la course cycliste du pardon de Saint-Julien, un petit village, « je te ferai voir un de ces quatre », et il doit s'entraîner. En revanche, demain, ce sera avec plaisir.

Marcel revient à l'appartement, quarante-cinq minutes à marcher dans des rues découvertes le matin. Marthe l'attend. Comme à chaque fois qu'il arrive du travail, elle a pris le temps de s'apprêter pour son mari. Un peu de rouge sur les lèvres, une touche de poudre pour la mine, les cils faits. Marcel entre, voit Marthe et pense qu'elle a fait un effort supplémentaire car c'était son premier jour à l'usine. Marthe vient à son devant et lui dit :

« Jamais tu ne le croiras, mon Marcel, je suis enceinte ! »

Des années à attendre cette phrase. Une attente si longue qu'on avait fini par oublier que cela puisse être possible. Les médecins qu'ils avaient consultés n'avaient pas trouvé d'explication particulière. C'était comme ça. Un manque de chance. Ils en avaient pris leur parti. Ils avaient accepté. Et puis surtout Henri avait lavé le chagrin. Il leur avait donné tellement de joie. Henri était leur fils. Point final. Les histoires de la guerre, c'était bon pour les livres maintenant…

Quand les Allemands ont franchi la ligne de démarcation, en novembre 1942, Marthe, Marcel et tous les autres se sont demandé à quelle sauce on allait les manger.

Début 1943, une compagnie de soldats s'est installée dans le village. Ils ont réquisitionné le château isolé à la sortie du bourg. Il appartenait à un industriel qui vivait à Paris et qu'on n'avait jamais vu. La population avait interdiction de s'approcher du bâtiment gardé en permanence par les soldats. L'homme à tout faire du château et sa femme ont été renvoyés et sont partis retrouver de la famille dans le sud de la France.

À la fin de l'été 43, des Allemands ont relevé l'identité de Marthe et celle de deux autres lavandières qui besognaient avec elle au lavoir. Victor Petiot, le maire, est venu chez Marthe et Marcel quelques jours plus tard pour dire qu'elle avait ordre d'aller travailler au château. Elle devait commencer le matin suivant. Marthe et Marcel ont protesté, mais Petiot leur a répondu qu'on ne discutait pas avec les Allemands. Marthe s'est présentée aux grilles du château le lendemain, un soldat a vérifié ses papiers. Elle est entrée dans le parc.

Une Allemande lui a expliqué son travail, qui consistait à nettoyer les draps et faire les chambres des officiers. Marthe a été rejointe par les deux autres lavandières en octobre, ça l'a étonnée car elle avait moins de travail depuis le départ de plus de la moitié de la garnison une semaine auparavant. À son tour, le cuisinier du restaurant du village a été contraint de venir travailler. C'est début novembre que les infirmières sont arrivées avec une sage-femme et un accoucheur. Les soldats restants ont été installés dans un autre bâtiment. La première femme enceinte a été admise à la fin novembre et son bébé est né trois semaines plus tard.

C'était Henri.

Marthe, qui, comme les autres employés venus du village, avait interdiction de parler aux pensionnaires, a fini par savoir malgré tout que cette femme, qui avait dans les ving-cinq ans, était française, et que le père était un soldat allemand. Un SS. La Française a quitté le centre à la mi-février, laissant là le nourrisson. Entre-temps, d'autres femmes avaient rejoint la maternité. Elles restaient trois mois, parfois quatre, et partaient vers l'Allemagne avec leur enfant. Certaines les abandonnaient. Marthe a compté une vingtaine de naissances. La dernière a eu lieu en juillet 44, alors qu'on disait la défaite allemande proche.

La bataille a sorti Marthe de son sommeil. Elle a hésité à se rendre au château. Marcel lui a dit de ne pas sortir, de rester planquée, mais elle n'a rien voulu entendre.

« Tête de mule ! » a gueulé Marcel. Marthe a traversé le bourg. Elle a rejoint la maternité, en marchant courbée. Arrivée là-bas, elle a compris que les Allemands étaient partis. Il n'y avait plus de sentinelles à l'entrée. Les camions n'étaient plus garés sur la pelouse du parc.

On a appelé dans son dos :

« Marthe ! »

Elle s'est retournée. C'était Suzanne, sa collègue. Marthe a dit qu'elle venait voir comment allaient les bébés. Car même si elle ne s'était jamais occupée d'eux, même si elle avait interdiction de les toucher, de causer avec les mères, même si elle savait ce qu'ils étaient, ce qu'ils représentaient, eh bien, quelque chose s'était cristallisé en elle : elle les aimait.

Suzanne a dit qu'elle comprenait parce qu'elle éprouvait le même sentiment.

Elles sont entrées dans le château. Tout était vide : le grand hall, la salle de jeux, le réfectoire.

« Ils sont tous partis…

— Ils ont emmené les bébés. »

Dans la cuisine, Suzanne a fourré des restes de nourriture dans la grande poche de son tablier. Elle a fait un clin d'œil à Marthe.

« C'est toujours ça que les Boches n'auront pas ! »

Elles sont montées à l'étage. Depuis l'escalier, elles ont entendu les cris. Elles ont traversé le couloir en pressant le pas et, dans le dortoir, elles ont vu cinq bébés. Les mères étaient parties avec leur enfant. Seuls restaient les cinq abandonnés.

« Pourquoi qu'ils n'ont pas pris ceux-là ? a demandé Suzanne.

— Je ne sais pas, peut-être qu'ils n'ont pas pu.

— Qu'est-ce qu'on fait ?

— On leur donne à manger. Ils manquent de lait, regarde leur peau. »

Marthe et Suzanne ont pris soin des bébés. Elles les ont nourris. Elles les ont changés. Suzanne a proposé d'aller demander de l'aide au village. Marthe a dit d'accord, qu'il fallait aller trouver le docteur, qu'elle restait là avec les petits. Peu après le départ de Suzanne, les combats ont redoublé. Des bombes sont tombées dans le parc pourtant vide.

Marthe s'est enfuie. Elle l'a emmené. Ça aurait pu être un autre, oui, c'est vrai. Elle avait laissé les quatre autres à leur sort, oui, c'est vrai. Elle pensait quelquefois à eux. Elle voulait en sauver au moins un. C'est la peur qui l'avait fait quitter le village avec son mari. La peur que les gens du coin ne noient le bébé comme on noie les bâtards de la portée d'une chienne.

« Enceinte ? Depuis quand tu le sais ?

— J'avais un doute depuis quelques semaines, et là je ne l'ai plus…

— T'es allée chez le docteur ?

— Non, mais je le sais. J'ai senti des coups de pied !

— Des coups de pied ?! T'es enceinte de combien ?

— Sûrement trois ou quatre mois. Peut-être plus.

— Et tu ne pouvais pas me le dire avant ?

— Je n'étais pas sûre ! Je n'ai jamais saigné tous les mois, et les premiers coups je pensais que c'étaient des gaz. Maintenant, je n'ai plus de doute.

— Alors là, voilà autre chose… T'es enceinte. Mince alors, t'es enceinte ! Il faut qu'on le dise.

— Non, attendons un peu, j'aurais trop de mal si on le perdait. »

Deux jours après, le médecin demande à Marthe :

« Combien de grossesses ça vous fait ?

— C'est la première, docteur…

— Mais ce petit garçon là, il n'est pas à vous ?

— Va jouer dans la salle d'attente deux minutes, mon chéri. »

Marthe hésite, utilise le mensonge habituel : le petit, orphelin à moins d'un an, le fils des voisins, tous morts dans un bombardement sauf lui. Le maire du pays qui le leur confie quelques jours, et puis on finit par le garder, cette cochonnerie de guerre qui force à s'enfuir et à reconstruire toute une vie ailleurs. Le médecin comprend, la guerre c'est quelque chose…

« Êtes-vous bien logés au moins ? Et le père peut-il assumer le foyer ?

— Oh ça ira, mon mari ne ménage pas sa peine, il a été embauché à Sambre et Meuse, on aimerait bien une maison avec un bout de jardin tout de même, c'est vrai… »

Marthe écrit à Marie-Thérèse et à Gérard pour les informer du miracle. Quelques jours plus tard, elle reçoit un colis avec de la laine, des aiguilles neuves et des jolis mots.

Marcel annonce la grande nouvelle aux copains. Pour l'occasion, il paye le coup à tous les gars de l'équipe, douze ouvriers et le chef, qui dit qu'il ne faudra pas qu'il oublie de demander au bureau la prime pour la naissance. Il veillera à ce qu'on la lui donne en temps et en heure. Tout le monde rentre chez soi. Tout le monde est content.

Pour la première fois, Marcel demande à Marthe si elle lui permet de caresser son ventre. Il est un peu maladroit avec ses mains qui fraisent pourtant si bien. Mais il y a dans la caresse de Marcel de la justesse, quelque chose comme de la franchise, de la tendresse mal dégrossie.

Le lendemain, Pierre vient voir Marcel et lui dit que son beau-père pourrait lui louer une dépendance de son bistrot. Il dit qu'ils ne seront dérangés que par les boulistes le samedi après-midi. Ils seront mieux là que dans le meublé. Seulement, c'est à plus de dix kilomètres de l'usine. Il faudrait qu'il s'achète un vélo. Marcel répond qu'il peut le faire. Il va en parler à Marthe.

« Et après tu feras construire », ajoute Pierre. Marcel demande son avis à Marthe qui l'interroge :

« Tu l'as vue, la maison ?

— Non pas encore, ça ne doit pas être très grand mais c'est moins cher qu'ici. Et on sera quand même mieux qu'en appartement.

— Oui, c'est certain. C'est simplement qu'il faut encore déménager. Ça va s'arrêter quand ?

— Ça s'arrêtera quand on aura la maison.

— Quelle maison ?

— J'ai décidé qu'on ferait construire, comme tout le monde. J'irai à la banque bientôt voir ce qu'on peut nous prêter. Je travaille, on va avoir un deuxième, on n'est peut-être pas riches mais il n'y a pas de raison qu'on n'ait pas de maison. En attendant, on ira dimanche en car à Saint-Brandan, c'est le nom du bourg, voir le logement. »

Le dimanche, Éliane et Pierre sont là. Pierre fait les présentations.

« Voici mon beau-père, Pierre Boschat.

— Il s'appelle Pierre aussi le monsieur? interroge Henri.

— Oui, gamin. Alors, c'est vous les Sarthois ? Bon, venez voir la maison. Ce n'est pas immense mais c'est propre. » Marie, la femme de Pierre Boschat, qui se tient gracieuse et droite derrière le comptoir, offre le café. Elle parle avec Marthe d'Henri et de l'enfant à naître. Pendant ce temps, les hommes vont visiter la forge du vieux.

« Vois-tu, je suis le dernier maréchal-ferrant du village. Quand j'étais gamin, des forges, il y en avait quatre. Je continuerai tant que je pourrai, il y aura toujours des chevaux et puis, même s'il n'y avait plus de chevaux, il y aura toujours des gars pour venir boire le coup au café.

— C'est bien vrai ! En ce qui me concerne, je préfère les canons aux canassons, s'amuse Marcel.

— L'arrivée au pays n'a pas été trop compliquée ?

— Non, ça a été. Grâce à ton gendre et à ta fille. Le travail à l'usine me convient bien, ça change de la terre mais c'est plaisant, et puis la paie est régulière. En revanche, il fait trop chaud avec tout ce métal fondu, c'est le plus dur à supporter…

— Pierre t'a dit que je suis le président du comité des fêtes ?

— Il ne m'a pas encore tout dit, il cache des choses…

— Je voulais être sûr que t'étais un gars bien et pas un espion, plaisante Pierre.

— Il a un problème avec les espions, il en voit partout. Ça lui reste de la guerre à ce corniaud-là… »

Le vieux organise bientôt une fête « 1900 », on s'y déguise à la mode de dans le temps. Il faudra que Marcel vienne avec sa femme et son fils pour s'intégrer à la commune.

« Tu pourrais tenir la buvette si ça te tente ? »

Marcel accepte avec plaisir, il n'a pas son pareil pour rendre la monnaie vite et juste.

On se met d'accord pour que l'emménagement ait lieu le week-end suivant. Le vieux prête sa voiture. Tout le monde se retrouve pour le dîner, de la langue de bœuf sauce diable que Marie a préparée en l'honneur de Marthe, Marcel et Henri et qu'ils dévorent dans l'arrière-cuisine du bistrot. L'ambiance est gaie.

On harnache les sangles de l'accordéon aux épaules du vieux. L'instrument est plein de courants d'air mais on chante, on rigole, on parle de plus en plus fort.

Marthe et Marcel vivent un grand moment. Ils observent cette famille qui s'offre à eux. Ils jubilent. C'est beau le partage, lorsque le cynisme est absent, lorsque le calcul a disparu, lorsque seuls comptent le plaisir de vivre et la joie d'être ensemble.

Pierre, dans l'ivresse qui monte, raconte à Marcel le jour où il a été pris par les Allemands avec son copain Eugène. Comment on les a traités. Pierre a encore les larmes qui lui viennent rien qu'à penser aux insultes, au clic du pistolet, et aux mains d'Eugène qui saisissaient les herbes froides pour nettoyer sa culotte.

Ce qu'il aimerait savoir, Pierre, c'est comment les Allemands qui leur ont fait ça vivent aujourd'hui.

Est-ce qu'ils lui demanderaient pardon s'il venait à les retrouver, s'ils se pointaient là, à leur table pour manger la langue de bœuf ? Ne sont-ils pas des hommes comme nous ? Est-ce qu'ils ont la conscience d'avoir été trop loin ? Comment que ça dort, un bourreau ? Marcel n'en sait rien. Lui est plus âgé, il a vécu davantage de choses certes, mais là, il ne sait pas comment aider Pierre. Alors, il lui ressert un verre.

Quatre mois plus tard, Marcel traverse la cour à toute vitesse et réveille les vieux. Le ventre de Marthe se retourne. Ça lui fait un mal de chien. Marcel demande si on peut les emmener jusqu'à la clinique de Saint-Brieuc. Le vieux va préparer la voiture tandis que Marie se propose de veiller sur le petit. Elle dit : « Apporte-moi le minet, il dormira au chaud avec moi. »

Le vieux roule à une allure folle, il crie aux passants et aux rares voitures qu'il croise : « Écartez-vous, v'là le père Boschat ! » Il les dépose à la clinique, Marcel et Marthe soufflent un coup, heureux d'être encore en vie. Le vieux dit :

« Tiens, garde les clés, je vais rentrer en car.

— Merci, mais t'es sûr que…

— Bah, t'en fais donc pas pour moi, occupe-toi de ta femme, andouille. »

Le matin, alors que le jour est encore sans force, Marie, prévenue par téléphone, dit à Henri : « Tu es un grand frère maintenant. Tu es un grand frère, car tu viens d'avoir une petite sœur… »

Marcel ne dessoûle pas pendant trois jours. Quand on lui a dit qu'elle était née, il a pensé : *une petite fille, bon Dieu, une petite fille !* Il l'a prise dans ses bras. Ça faisait près de vingt ans qu'il n'avait pas tenu dans ses bras une autre femme que Marthe.

DEUXIÈME PARTIE

Marc grogne. La cuite de la veille l'a laissé K.-O. C'était Mohammed Ali dans des bouteilles de côtes-du-rhône. Les dernières de son père, Bruno. Lui qui a possédé plus de cinq cents flacons a laissé sa cave se vider. Il n'a gardé que les deux château-d'yquem : 1986 et 1996. Les années de naissance de ses filles. Quand il les a achetées, il a pensé qu'il les boirait le jour de leur mariage. Il sait que la situation politique du pays l'en empêchera.

Ils ont bu la bouteille d'yquem 1984, celle de Marc, hier soir. Une bouteille de vingt et un ans, tout de même, mais il paraît que pour ce vin c'est encore trop jeune. C'était délicieux. Henri a dit que c'était une pitié d'interdire une chose aussi belle que celle-là.

« C'est tout le contraire, a dit Marion, la sœur de Marc, qui a sauté sur l'occasion pour sortir ses arguments habituels. Il n'y a rien de beau dans le vin. Au prétexte de passer un bon moment, c'est le suicide à petit feu.

— C'est bon, Marion, tu ne vas pas recommencer avec ça, a dit son père qui voulait éviter un énième débat sur le sujet, on sait ce que tu penses. »

Marion a soulevé les épaules. Elle a ajouté :

« De toute façon, le problème du vin sera bientôt réglé, on peut faire confiance au président Rossi pour ça.

— Et les paysages ! a rétorqué Loïc, son oncle, qui s'était pourtant promis de ne pas céder à la provocation. Tu ne peux quand même pas dire que les paysages de France seraient les mêmes sans les vins. Alors la santé publique, je veux bien, et encore ? Je ne vois pas beaucoup d'amélioration depuis l'interdiction des alcools forts… Mais les paysages ! C'est tout de même quelque chose, les paysages ! As-tu déjà vu les vignes de Banyuls ou celles de Collioure qui couvrent les montagnes jusqu'à presque toucher la mer ? Les as-tu déjà vues ?

— Les paysages dont tu parles, c'est des raisonnements du passé et des arguments de lobbyistes, a répondu Marion du tac au tac. Franchement, les rangs de vignes tout bien alignés comme des rangs d'oignons, moi je trouve ça moche, limite fasciste. J'aime mieux les champs de colza ou même de tournesol tant qu'à faire. Avec l'arrachage des vignes, on va rendre aux lieux un peu de leur naturel. Encore une chose positive. Et je ne te parle pas des pesticides et de tous les produits qu'on balance sur les vignes. Tu sais que c'est la culture qui utilise le plus de produits chimiques ?

— Oui, enfin, interdire les alcools au-dessus de 9°, c'est hypocrite. Ça va faire crever les vignerons et enrichir les multinationales de la bière et tout ça, c'est de la magouille. Tu peux pas me dire le contraire.

— Là, tu prêches une convaincue, tonton. Mais ne t'inquiète pas, à mon avis, l'interdiction de la bière, c'est la prochaine étape. Sois patient…

— T'es une extrémiste, on ne peut pas discuter avec toi », a conclu Loïc.

Marion a vu qu'il était agacé et elle est venue lui faire une bise.

« T'es chiante », a dit Loïc en souriant.

Henri, le grand-père de Marc, continue de le secouer. Il ouvre le Velux pour faire entrer la lumière.

« Pépé, laisse-moi dormir.

— Allez, debout camarade ! Je t'attends en bas. »

La pêche à huit heures du matin quand on s'est couché à cinq heures, fin soûl, c'est à faire regretter d'être venu au monde.

Hier soir, Henri a dit à Marc : « Je suis un fils de nazi. »

Ce n'est pas une phrase qu'on entend souvent, sauf en Allemagne peut-être, mais elles sont dites en allemand de toute façon. Marc, qui a choisi espagnol en quatrième parce qu'on en disait l'apprentissage plus simple, ne comprend pas un mot d'allemand. Quand Henri lui a dit ça, qu'il était « un fils de nazi », Marc a pensé qu'il en tenait une sévère et il a rigolé.

« C'est ça, pépé, va faire dodo. »

Et Henri est monté. Marion, qui observait son grand-père titubant dans l'escalier, ne riait pas. Elle avait les larmes aux yeux de voir l'état dans lequel il s'était mis encore une fois. Elle l'a soutenu dans les dernières marches, l'a aidé à se coucher dans le lit de Marc et elle est allée dormir, elle aussi.

Marc, ses parents, son oncle Loïc – qui est aussi son parrain – et sa tante se sont assis autour de la petite table en verre du salon. Cette table en verre, Marc est passé au travers quand il avait six ou sept ans. L'accident a failli lui coûter le pied gauche. Il a eu des béquilles pendant presque un an à cause de ça. La longue cicatrice qui barre son mollet depuis ce jour continue de le faire hésiter à chaque fois qu'il doit se mettre en short.

Son père, la voix serrée, a dit :

« C'est vrai, pour pépé.

— C'est vrai quoi ?

— À propos des nazis… »

On touchait au secret. Marc ne disait rien. Il repensait à ses sœurs qui lui avaient fait la surprise de lui écrire une chanson pour son anniversaire et de la chanter devant tout le monde quelques heures auparavant, c'était touchant malgré la faiblesse des rimes en « é ». Il était fier d'Apolline, la plus petite, qui avait réussi à vaincre sa timidité.

« C'est une histoire compliquée et ça va te paraître dingue car ça nous a paru dingue à nous aussi. Pépé a fait partie d'un programme qui s'appelait Lebensborn. C'est Himmler qui l'a mis en place dès le milieu des années trente. C'était dans le cadre de la politique d'eugénisme de l'Allemagne, leur délire sur l'Aryen parfait et tout ça. Avant même le début de la Seconde Guerre mondiale, ils ont installé des centres, des cliniques et des crèches, en Europe du Nord essentiellement, pour faire se reproduire entre eux des hommes et des femmes qui répondaient aux critères, comme on fait avec les caniches ou les vaches à lait, comme de la sélection animale… »

Marc a commencé à imaginer la scène : le château noir, la nuit noire, la pluie battante, les éclairs et des savants fous. Son pépé au milieu de tout ça.

« Officiellement, a poursuivi le père de Marc, la France a accueilli un seul centre dans une commune de l'Oise, dans la forêt de Chantilly, pas très loin de Paris. Une petite ville qui s'appelle Lamorlaye. Ça n'a duré que quelques mois, grâce à l'arrivée des Alliés. Le centre de Lamorlaye, c'est de notoriété publique, si on peut dire. C'est assez connu. Loïc a trouvé un livre qui a été écrit là-dessus.

— Je te le prêterai si tu veux.

— Un jour, a repris Bruno, grand-mamie a reçu l'appel d'une journaliste pour lui dire qu'elle avait retrouvé sa trace en enquêtant sur un autre Lebensborn français dont personne ne connaissait l'existence. Tu te doutes bien que ce n'est pas le genre de choses dont on se vante dans les villages… »

Marc, contraint et forcé, finit par se lever de son lit. Il a une demi-gaule et comme un poney crevé dans la bouche. Des bribes de révélation lui reviennent, il mélange un peu, oublie des détails, ne se souvient plus qui de son père ou de Loïc prenait la parole, mais l'essentiel est là.

Une vingtaine d'enfants, entre fin 1943 et septembre 1944, pris en charge par des infirmières allemandes et quelques locaux dont son arrière-grand-mère : grand-mamie pour la famille, Marthe pour les autres. Elle venait faire le linge et le ménage. Tout ça, c'est la journaliste qui l'a raconté à Henri. Il ne voulait pas tourmenter sa mère avec ses questions. Elle avait déjà tant pleuré quand elle avait dû tout lui révéler en urgence au téléphone, avant que la journaliste ne le fasse. Elle l'avait volé, lui, Henri, dans la maternité des Allemands. À la fin de la conversation, il l'avait remerciée de l'avoir enlevé, de lui avoir offert cette vie.

Henri a dit toute l'histoire à ses fils plus tard. Au retour de l'enterrement de sa mère, il a demandé à Bruno de le conduire chez lui : « Je crois que j'ai trop bu pendant le buffet. Tiens, monte avec nous, Loïc, j'ai envie d'être avec mes deux enfants. » La mère de Marc, les voyant partir, avait pensé qu'ils étaient beaux tous les trois.

Bruno et Loïc avaient trouvé l'histoire folle.

Henri avait appelé sa sœur le lendemain, elle avait écouté et posé de nombreuses questions auxquelles Henri n'avait pas de réponse. Il l'avait rassurée : aux dernières nouvelles, elle était bien la fille de Marthe et Marcel. Nulle trace de Dark Vador ou d'une jumelle maléfique dans le livret de famille. Sa sœur avait souri.

Le mensonge qui s'émiette petit à petit, comme le pain rassis qu'on donne aux moineaux.

« Vous me charriez tous, c'est une blague ? C'est pour se foutre de moi que vous racontez ça ? Vous êtes graves ! » réagit Marc.

Mais sa mère ne ment pas. Quand elle le fait, un petit sourire lui vient, sur le côté des lèvres. Elle ne le contrôle pas. Le sourire est absent.

C'est Loïc qui raconte :

« Début septembre 1944, les maquisards ont décidé de reprendre Mornai, le petit bourg où pépé est né, près de Lons-le-Saunier, dans le Jura. Ils avaient été informés du départ des Allemands. Seuls quelques soldats devaient rester dans un bunker improvisé et couvrir la fuite de la colonne. Les résistants voulaient prendre le village pour couper la route de Dole. Une bataille importante s'y préparait. Ils ont pilonné au mortier la position allemande avant de donner l'assaut en début d'après-midi. Les soldats allemands se sont rendus un peu avant dix-sept heures. Les combats n'ont fait ni blessé ni mort, sauf le maire, collaborateur de réputation. La journaliste pense qu'on l'a assassiné. Après le début des combats, la nuit précédente, le personnel local n'est pas revenu au château, sauf grand-mamie et une autre dame. Elles se sont occupées des bébés. Il en restait cinq, des enfants abandonnés. Les autres étaient partis avec leurs mères. Pourquoi les Allemands n'ont-ils pas emmené ces cinq bébés avec eux ? Personne n'en sait rien.

— Je pense qu'ils ont dû être surpris par l'attaque des résistants. Ils ne devaient pas s'y attendre. Ils ont paniqué, l'interrompt Bruno.

— Oui, c'est possible… Quoi qu'il en soit, la collègue de grand-mamie est partie au village chercher de l'aide, elle l'a raconté elle-même à la journaliste. Les combats l'ont empêchée de revenir. Quand elle y est parvenue, avec des gens du village, c'était déjà le soir. Elle a compris ce qu'il s'était passé quand elle a vu qu'un enfant manquait et que Marthe avait disparu. Les gendarmes, prévenus, sont allés toquer chez grand-mamie et pépé Marcel mais n'ont trouvé qu'une maison vide, abandonnée à la hâte. Ils n'ont pas cherché à les retrouver. Ils avaient d'autres chats à fouetter. »

Marc a embrassé tout le monde. Il est monté se coucher à côté d'Henri sans réaliser vraiment. Il a pensé aux histoires de la guerre. La grand-mère de sa copine avait couché avec des Allemands à l'époque. Elle ne s'en est jamais caché. Ça lui ferait aussi une sacrée histoire à raconter.

C'est une lettre qui a permis à la journaliste de retrouver ce bébé volé qu'elle avait cherché longtemps. Une lettre que Marthe a envoyée à son médecin de Mornai des années après sa fuite.

Elle lui annonçait le miracle : elle était enceinte. Elle ajoutait que le bébé à naître allait faire la joie de son grand frère, le petit du Lebensborn, le premier, celui que le médecin avait guéri d'une mauvaise jaunisse dans les premiers jours de sa vie et qui était devenu un enfant magnifique qu'elle aimait de tout son cœur.

Le fils du médecin, médecin de même, passionné d'histoire depuis gamin, et qui avait entendu parler des recherches de la journaliste, lui a ouvert les archives de son père, au cas où. C'est là que la journaliste a trouvé la lettre. Elle était dans le dossier médical de Marthe. Marthe s'en est longtemps voulu de l'avoir écrite.

Emportée par sa joie sur l'instant, elle n'avait pensé aux conséquences qu'ensuite et s'était tue. Elle ne l'avait pas dit à Marcel. Il était mort sans savoir.

Dans la lettre, Marthe écrivait aussi que son mari avait trouvé un travail en usine, à Saint-Brieuc, dans les Côtes-du-Nord. La journaliste s'est plongée dans les registres des entreprises de l'époque. Quand elle s'est présentée à Marthe, en avril 1993, la vieille dame a pleuré d'une honte qu'elle ne s'expliquait pas et de la peur que son fils lui en veuille de ces années de mensonges. Elle a supplié qu'on ne dise rien à Henri mais la journaliste a répondu qu'elle allait le contacter tout de même. « Je ne fais que mon travail. » Alors Marthe, sitôt la journaliste partie, a téléphoné à son fils pour la devancer et tout avouer. Elle lui avait fait jurer de ne rien dire jusqu'à ce qu'elle soit morte. Il n'avait pas attendu longtemps ensuite.

Henri est en bas, il se prépare un café, il tremble un peu du manque d'alcool.

Au petit déjeuner, rien ne passe, c'est comme si l'estomac de Marc se cachait juste derrière sa langue. Tout le monde continue de dormir dans la maison. Marc attend la mort, le nez devant son chocolat au lait. Henri termine son café. Marc regarde la main de son pépé qui enserre le bol. Son index trempe dans le jus.

Il monte dans la voiture d'Henri et ils partent en direction du port. Le petit-fils est muet, les bras croisés. Les paysages défilent devant lui comme ceux des films Super 8. Quelque chose cloche dans le mouvement des images.

Après une trentaine de kilomètres, Henri gare sa voiture sur le parking, près du quai. Il en descend et en quelques secondes retire l'annexe de plastique jaune, qu'on appelle aussi « plate », de son emplacement.

« Attends-moi à la cale. J'en ai pour cinq minutes. » C'est parti pour une balade à la rame, à la godille, des huit à la main qui font des ronds dans l'eau et le propulsent en direction du bateau.

Marc l'observe du bord en espérant que la plate ne chavire pas, ça arrive parfois. Un Parisien s'est noyé comme ça l'été dernier. Il rejoignait son *Merry Fisher* flambant neuf. Ses bottes se sont remplies d'eau. Il a coulé comme un galet.

Henri s'arrime au *Brulo 3*, c'est le nom de son navire, contraction de la première syllabe des prénoms de ses garçons. Il y monte, démarre le moteur, largue l'amarre du corps-mort et s'en vient, fier comme Christophe Colomb, la main au gouvernail, « à la place du chef », comme il dit, récupérer son petit-fils.

Marc attrape le bout. Il l'enroule à l'anneau de métal fiché dans le béton. Il tend le pique-nique et le bidon d'essence de réserve à son grand-père.

Ils partent en direction d'une base de lançons. Ça caille. Marc, nauséeux, veut s'allonger sur une couchette du carré mais Henri l'en dissuade : « Si tu te couches maintenant t'es mort, reste à l'extérieur, il faut que tu prennes l'air. »

Quarante-cinq minutes à la ligne mitraillette, la brume a eu le temps de se dissiper, ils sont toujours bredouilles. Henri dit : « Bon, on va essayer autre chose. » Il enquille à bloc vers une deuxième base, l'atteint, coupe le moteur.

Henri et Marc descendent et remontent les lignes. Ils dandinent. Jamais le temps n'a paru si long à Marc. Enfin, il se passe quelque chose : c'est le ventre de Marc qui s'active, les aigreurs de plus en plus fortes, de la salive ras la bouche comme les gros chiens à la plage, un haut-le-cœur, puis un autre…

« Ne pose pas ta galette dans mon bateau ! » Marc vomit par-dessus bord.

« Mais, ça ne sert à rien d'appâter en mer ! »

Ça doit être de l'humour allemand, pense Marc. Sauf que, comme par hasard, c'est à partir de ce moment-là que les premiers lançons commencent à mordre. Henri en pêche une vingtaine en quelques minutes. Fortune faite, ils filent en direction d'une base de bars, plus au large.

Marc, requinqué, retourne à son poste de pêche. Henri sort un petit bar vers midi. En voulant l'aider, Marc se pique avec la nageoire caudale. Henri désinfecte la plaie comme à l'époque où Marc était gamin et qu'il se râpait les genoux.

« Bon, et si on cassait la croûte ? Tu dois avoir faim maintenant que t'as vomi ta soirée d'hier. »

Henri sort une conserve de sardines, du pain et du pâté Hénaff. À la dérive.

« Je n'ai pas dit trop de conneries hier soir ? »

C'est la grande crainte d'Henri : ce qu'il peut dire quand il est soûl. Et comme il est cramé la plupart du temps, il lui arrive souvent de mettre les pieds dans le plat. Marc, qui se demande jusqu'à quel point le déterminisme influe sur une vie, a la même peur. Avant de partir en soirée, il tente de s'y préparer, de couper court à l'hérédité. De ne pas penser aux sujets qui fâchent pour éviter de les évoquer ensuite. Tout comme la volonté, les résolutions sont solubles dans l'alcool. À bien y penser, beaucoup de choses sont solubles dans l'alcool.

Marc répond à son grand-père, en souriant, que, non, il n'a rien dit de spécial, à part une remarque à Marion sur son poids.

« Mince, je m'excuserai en rentrant. Enfin c'est vrai qu'elle a grossi, non ?

— Oui, c'est vrai, mais ce n'était pas la peine de le lui dire… »

Marc a dans la tête les mots de son père et de son oncle. Seulement il ne sait pas si on peut parler de la guerre et des secrets de famille un lendemain de cuite, sur un bateau. Il préfère attendre.

La canne s'arque en une seconde et Henri, comme à chaque fois que ça mord à sa ligne, s'enthousiasme :

« Celui-là c'est un beau ! Va choper l'épuisette. »

Henri mouline sec.

« Je peux te dire que c'est un balèze ! » Ils les voient en même temps.

« Zut, des maquereaux… »

Henri arrache les hameçons de la gueule des poissons. Il les balance dans le bac.

« On en fera des rillettes, j'aime bien ça. »

Un petit bar et quelques maquereaux, c'est maigre. Alors ils mettent le cap sur une base plus dangereuse avec des déferlantes vicieuses.

« Par contre, ça risque de bouger, ça ira ?

— Ça ira », répond Marc. Il ne veut pas le décevoir.

Ça bouge fort, oui, le genre d'endroit où l'on se rend en dernière extrémité pour éviter les moqueries à l'arrivée au port. On n'y coupe pas le moteur et c'est impossible de pêcher à deux. Il faut un barreur prêt à tout instant à remonter le courant pour ne pas se faire percer la coque par un haut fond. Une roche a mordu le bateau d'Henri ici même, il y a quelques années. Il a failli y rester.

Il insiste pour tenir la barre en prétendant que Marc ne saurait pas faire. Le petit-fils sait qu'en réalité son grand-père espère qu'il prendra une belle pièce pour pouvoir dire : « Regardez le morceau qu'a pris Marc. » C'est infernal la pudeur.

Ils sont dans le courant. Marc laisse tomber la ligne. Ils dérivent si vite qu'il faut remettre plein gaz toutes les trois minutes et repartir sur la base de départ.

D'abord, Marc croit qu'il est accroché à un rocher ou à une grosse algue, qu'il va casser. Il lâche son fil pour se libérer, en vain. C'est quand il mouline, en sentant les secousses et que ça remonte qu'il comprend que c'est un poisson. Il crie :

« Pépé, j'ai quelque chose ! »

Henri lâche la barre et se précipite vers Marc.

« Remonte vite, on n'est pas loin de la roche ! »

Seulement, Marc ne peut pas remonter vite, ça tire trop fort. La canne se plie jusqu'à presque toucher sa main.

« C'est impossible ! Il faut que je donne du mou.

— Lâche le frein ! Je vais remettre les gaz pour remonter au vent. Sans ça, on va finir sur les roches ! »

Marc, déséquilibré par l'accélération, tombe sur le dos. Il n'abandonne pas la canne pour autant, et se redresse de sa main libre grâce à un bout. Il laisse du fil, encore du fil. La ligne qui s'en va fait un bruit de serpent à sonnette. Marc resserre le frein.

« Je crois que c'est un sacré mastard, pépé ! Un sacré mastard !

— D'accord, mais ne t'emballe pas ! Sors-le d'abord et après on en causera… Si c'est quatre maquereaux, t'auras l'air chouette…

— Aucune chance. »

À chacun des tours de moulinet qu'il effectue, Marc sent la nervosité le gagner et la puissance du poisson. Et, tout à coup, plus de tension dans le fil, plus de secousse, plus de poids, plus rien.

« J'ai cassé !

— T'es sûr ?

— J'ai plus un pet de résistance… »

Et puis, c'est magique, ça repart, encore plus vite, droit vers le fond ! Marc, frein serré à fond, rembobine calmement, jouant avec la dérive du bateau, il est serein maintenant. Henri l'observe avec admiration.

Marc demande à son grand-père d'aller prendre l'épuisette. Henri la tient depuis longtemps. Il s'approche, pose sa main sur l'épaule de son petit-fils. Henri a des taches de vieillesse sur la main, les premières.

« Emmène-le sur ma gauche, si tu peux. »

Une ombre trouble l'eau. Le poisson apparaît dans la lumière. Il a la gueule ouverte. Il est arraché à la mer, battu.

Henri tape sur l'épaule de Marc. Il dit, ébloui, plein de rêves, une phrase toute bête que jamais Marc n'oubliera : « Regarde-moi ce monstre. »

C'est un bar. Henri plonge l'épuisette dans l'eau et la dirige vers le poisson.

« Méfie-toi qu'il ne mette un dernier coup de queue et qu'il se tire », recommande Henri.

Marc acquiesce en silence. Son grand-père soulève l'épuisette et dépose le bar dans le bateau. Marc se penche pour retirer l'hameçon. Henri lui conseille gentiment de faire attention de ne pas se piquer avec la nageoire caudale. Marc sourit quand il saisit le gant que lui tend son grand-père et qu'il attrape le poisson par les ouïes. Marc est fier, c'est vrai, mais ce n'est rien comparé à l'émotion d'Henri. Ça ne fait pas cher le kilo de bonheur.

« C'est sûrement le plus gros que j'aie jamais pris, il faudra le peser pour en être sûr, quel bestiau ! *Madé*, on va relever les casiers et on rentre. Qu'est-ce que t'en penses ?

— Oui, je crois que c'est bon, on peut rentrer, pépé. » À quinze nœuds, Henri mène le bateau vers les pins maritimes à l'aplomb d'un petit cap où il pose ses casiers depuis toujours. Moteur au point mort, Marc saisit la bouée et remonte le bout. Il glisse à cause des algues. Dans la nasse, il y a quelques araignées, dont un beau mâle. C'est la fin de la saison. Marc accroche la moitié d'un maquereau à l'élastique. Dans le second casier, il y a quatre ou cinq araignées et un homard qui ne fait pas la taille. Marc le remet à l'eau.

Sur le chemin du retour, Marc vide le poisson. Il a un gros lançon entier dans l'estomac.

Henri dépose Marc à la cale. Toute la pêche est mise dans une caisse de plastique recouverte d'une vieille serviette de toilette humide. Un bar si gros, ce n'est pas nécessaire de le faire voir et puis, à l'allure où ça va, il y aura bien quelqu'un qui trouvera un jour une raison pour interdire la pêche aussi. Henri s'en va amarrer le bateau au corps-mort et revient quelques minutes plus tard. Marc l'aide à remonter la plate en haut de la cale.

Henri propose d'aller boire quelque chose avant de rentrer.

Le grand-père et le petit-fils sont face à face. Une dame, aimable comme une porte de prison, un œil qui dit merde à l'autre et du poil au coin des lèvres, s'approche.

« Messieurs ?

— Qu'est-ce que tu veux, Marc ?

— Une limonade, ou plutôt, un diabolo menthe, tiens…

— Avez-vous encore du vin par hasard ?

— Non, monsieur, on n'a plus rien. On a tout envoyé à la benne dès que le gouvernement a lancé le programme de rachat le mois dernier…

— Même pas un petit muscadet qui traînerait dans un coin ?

— Absolument pas, non.

— Bon, tant pis, j'aurai essayé, pas vrai ? Je vais prendre une bière du coup.

— Blonde ou brune ?

— Blonde, ça ira bien. »

La bistrotière est hors d'écoute, derrière le comptoir de son rade. Ils sont servis. Ils vident leurs verres en silence jusqu'à ce que Marc dise :

« Elle est bonne ta bière ?

— À douze euros le demi, elle a plutôt intérêt.

— Ils tapent au portefeuille tant qu'ils n'ont pas trouvé une raison valable d'interdire la culture de l'orge comme ils sont en train de le faire avec la vigne…

— Ça ferait plaisir à ta frangine !

— Oui, enfin, il n'y a pas qu'elle.

— C'est vrai, tu as raison, il n'y a pas qu'elle. Mais moi je vais finir sur la paille avec leurs conneries.

— J'ai lu un sondage qui dit qu'on est à 50/50 pour ce qui est de l'interdiction du vin. Mon pote Matthieu, il est pour maintenant. Lui, il dit qu'il n'y a pas de raison qu'on interdise le cannabis et pas le vin qui fait sûrement bien plus de morts.

— C'est quand même pas pareil !

— Moi je suis d'accord avec toi, mais le fait est que tout le monde pense pas comme nous. »

Tant qu'à ouvrir la bouche, Marc dit à Henri qu'il lui a parlé de quelque chose pendant la fête, de la guerre, une histoire bizarre. Henri affirme qu'il ne s'en souvient pas, alors Marc laisse tomber. Il boit une grande gorgée de diabolo. Son grand-père termine sa bière, la repose d'un coup sec sur la table et demande s'il veut autre chose.

« Non, c'est mieux si on rentre, il faut que je passe voir Ève. Elle était un peu fâchée hier. Elle est d'une jalousie, c'est maladif.

— C'est les filles hystériques qui sont comme ça, elles ont peur de l'abandon, faut les rassurer et pour ça, les baiser un bon coup.

— Pépé !

— Eh bien quoi ? J'y suis pour rien moi. Tu fais comme tu veux… »

Dans la voiture, Henri rompt le silence :

« Je t'ai dit quoi sur la guerre ?

— Ben… Tu m'as dit que t'étais un fils de nazi. J'ai cru à une blague, mais après ça, papa et Loïc m'ont parlé du Lebensborn, de grand-mamie, de pépé Marcel, de la journaliste…

— Ah ? Ils t'ont tout raconté ?

— Oui, à peu près tout, je crois…

— Et tu en penses quoi ?

— Je ne sais pas trop, mais ça me fait bizarre.

— Faut pas te tracasser avec ça. C'est des vieilles histoires.

— C'est juste que je trouve triste qu'on t'ait menti si longtemps.

— Déjà, on ne m'a menti qu'à moitié ! Ma mère et mon père n'ont jamais essayé de me faire croire que j'étais leur enfant. Ils m'ont toujours dit que j'étais orphelin de guerre, ce qui est vrai d'une certaine façon. S'ils m'ont menti ou s'ils ne m'ont pas dit la vérité c'est qu'ils avaient leurs raisons. Je n'ai pas à m'en mêler. J'appelle ça des pieux mensonges. Tu verras, tout le monde en fait et j'aurais sûrement mieux aimé rien connaître de tout ça parce que ça n'avance à rien. Peut-être que ça me travaille, oui, c'est vrai, et que c'est pour ça que je t'en ai causé hier parce que j'avais bu un coup de trop, mais bon…

— Et tu n'as jamais cherché à retrouver tes origines, à savoir qui étaient tes parents biologiques ou à aller voir le centre ?

— Et pour quoi faire ? Mes parents sont mes parents, c'est tout. Dans toutes les familles, il y a des secrets, celui-là ne vaut pas mieux qu'un autre. Au fond, je m'en fous. Et tu devrais bien en faire autant. On a assez avec les problèmes d'aujourd'hui pour ne pas se casser la tête avec ceux d'avant, non ? »

Matthieu a couru chaque dimanche depuis le début de la saison. Le week-end dernier, il a fait deuxième d'une course dans le centre de la Bretagne, pas loin de Loudéac. Sa famille était là pour l'encourager : Pascale, sa mère, sa grande sœur, Karen, et Hugo, leur petit frère, qui vient même si les courses l'ennuient.

Ils ont hurlé à chacun des vingt-six passages de Matthieu. Quand ils ont vu qu'il avait réussi à sortir du peloton avec Arnaud Le Guellec, son coéquipier, ça a été de la folie sur le bord de la route. Yan, son père, qui est parti il y a cinq ans avec une fille plus jeune, n'était pas là, évidemment.

Matthieu et Arnaud sont arrivés dans la dernière ligne droite en duo. Des spectateurs ont pensé qu'ils franchiraient l'arrivée en se tenant la main comme font certains professionnels. Mais non.

Ils se regardaient comme des fauves. Matthieu, qui était dans la roue depuis un kilomètre, a déclenché le sprint. Ils ont roulé à une allure folle. Petit à petit, Arnaud est parvenu à rattraper du terrain et Matthieu s'est fait dépasser, sans pouvoir rien faire. Il s'est fait battre de cinquante centimètres. Ce n'était pas grand-chose, après cent dix kilomètres de course.

Matthieu a expliqué lors de l'interview qu'il n'avait pas de regret. Il n'était pas le plus fort aujourd'hui. Voilà tout. « Bel esprit sportif ! » a conclu le speaker en sollicitant des applaudissements.

Matthieu est descendu du podium. Sa mère, en même temps qu'elle le félicitait, lui a donné un sandwich au thon qu'elle avait préparé le matin, et un Coca. Matthieu est allé se changer près de la voiture. Il s'est d'abord lavé le corps avec un gant de toilette. L'eau de la bouteille était chaude, c'est l'avantage du mois de juin, et ça a été agréable de nettoyer la graisse et l'huile camphrée sur ses mollets. L'hiver, il ne faut pas oublier de mettre l'eau chaude dans une Thermos. Se laver à l'eau froide après une course est un supplice. Parfois, Matthieu préfère rentrer sale.

Son petit frère a accroché la bicyclette au porte-vélo. Avant de partir, Pascale a invité Karen à boire l'apéritif pour fêter la deuxième place de Matthieu :

« On se retrouve à la maison. » Comme après chaque compétition, c'est Pascale qui a pris le volant.

« Tu tousses beaucoup…

— C'est parce que je me suis tiré fort dessus. On a roulé comme des brutes sur la fin avec Arnaud.

— Deuxième c'est quand même bien, non ? Surtout que tu t'es couché tard hier soir…

— Oui, c'est bien. Je sais, il n'y a pas de soucis. Je suis juste un peu fatigué, maman. »

Et Matthieu a arrêté de parler. Il a regardé la route défiler, le blé en herbe dans les champs.

Matthieu n'est pas déçu car le résultat était arrangé depuis le dernier tour avec son coéquipier, quand ils ont compris que les gars qui les chassaient ne pourraient pas rentrer. Matthieu devait bien ça à Arnaud.

Trois mois plus tôt, le 1er mars 2005, ils avaient pris ensemble le départ de Plaintel-Plaintel, la première course de la saison. Matthieu s'était entraîné tout l'hiver pour être prêt le jour J. Il y avait près de cent trente coureurs et c'était parti à une allure survoltée avec des échappées qui s'élançaient sans arrêt depuis le deuxième kilomètre. C'est toujours comme ça les premières courses. Les gars ont besoin d'évacuer la pression accumulée l'hiver, quand ils passent leurs jours à attendre d'accrocher enfin un dossard. Ils ont besoin de se prouver qu'ils n'ont pas fait le métier pour rien.

Matthieu demeurait dans les roues. Il essayait de ne pas en faire trop car c'était souvent son problème, et il était battu par un autre plus frais à la fin. Cette fois, il s'économisait. Avec les dix-sept autres coureurs de l'échappée dont il faisait partie depuis une dizaine de kilomètres, celle dont on savait à la qualité de ses membres, les meilleurs de la région, que c'était la bonne, il ne souffrait pas plus que s'il était resté au chaud dans le peloton. Il se sentait bien. Leur écart augmentait régulièrement. Presque sans forcer.

Dans le petit col de Lanfains (trois cents vingt-deux mètres d'altitude), Le Denmat, un coureur de l'Union cycliste briochine, a durci la course parce qu'il y avait un classement grimpeur au sommet. Kilomètre 75,3. Ils sont arrivés en haut à cinq, Arnaud en tête. Ils ont fait la descente à pleine vitesse et au lieu-dit Milhartz ils ont tourné à gauche, sur la grande route, direction Quintin. Les cinq prenaient leur relais sans calcul. Ils ne ménageaient pas leur peine pour prendre de l'avance. On verrait en temps et en heure pour la victoire.

Ils sont passés sous le Pont-Camet, à Saint-Brandan, puis direction Plaintel. Arnaud est monté à la hauteur de Matthieu pour lui dire qu'il savait qu'il la voulait. Il l'aiderait. Matthieu a dit merci. Ils ont monté la Côteaux-Mines, comme à chaque fois Matthieu a regardé la petite maison, sur la droite. Il s'est concentré de nouveau sur la course. À Sébastopol, juste avant l'entrée du bourg de Plaintel, Arnaud a pris les points du grimpeur. Ils ont filé grand train en direction du circuit, une boucle de trois kilomètres qui faisait le tour de la Gare-de-Plaintel et des hameaux environnants.

Arnaud a encore pris les points au sommet de la Côte-Meussue. Quand tout le monde s'est relevé, exténué par l'effort, Matthieu a attaqué. De toutes ses forces. De toute son envie. Les autres se sont regardés, ils ont hésité à rouler. Finalement, un premier gars a essayé de le prendre en chasse mais Arnaud a sauté dans sa roue et l'autre s'est relevé. Matthieu prenait de l'avance. Il est entré sur le circuit à seize heures vingt-cinq, trois cents mètres devant. Quand il a passé la ligne la première fois, il s'est dit : *Encore six tours.* Un autre a essayé de partir en contre et de nouveau Arnaud s'est jeté dans son sillage comme un chien court après une balle. L'autre a coupé son effort. Matthieu a continué de rouler, obsédé par l'idée de gagner. Il y avait de la neige sur les talus. C'est rare en Bretagne.

Son avance a augmenté. À trois tours de l'arrivée, il avait un avantage de quarante secondes, au dernier tour, près d'une minute…

Matthieu a passé la ligne d'arrivée en levant un doigt vers le ciel comme l'avait fait Richard Virenque quand il a gagné Paris-Tours en 2001. Depuis gamin, Matthieu rêvait de remporter Plaintel-Plaintel. Il avait réalisé son rêve. Ce n'est pas donné à tout le monde. Cette course le fascinait. C'était une des raisons pour lesquelles il avait pris une licence cycliste.

Sa mère, sa sœur, son frère, son entraîneur, Marc et Ève se sont jetés sur lui.

Arnaud est venu l'embrasser. Il terminait cinquième. Leur entraîneur a expliqué le sacrifice d'Arnaud, que Matthieu ignorait. Il lui a dit : « Merci, mon pote. Merci. Je te revaudrai ça ! »

Matthieu est monté sur le camion-podium. Éric Le Balc'h, le speaker, a annoncé que cette année on ferait une exception : ce ne serait pas une Miss qui remettrait le bouquet et la coupe. Un monsieur de soixante-quinze ans est monté sur la remorque du camion : Pierre. Il boitait un peu à cause d'une hanche qui lui causait du souci depuis longtemps.

Pierre était le créateur de la course plus de vingt ans auparavant. Une des nombreuses choses qu'il avait organisées depuis qu'il avait arrêté la compétition. Mais c'était sa plus grande fierté. Les gens qui se déplaçaient de loin, les coureurs toujours heureux de gagner celle qui était devenue au fil du temps « une classique », les bénévoles qui bloquaient les carrefours, qui servaient des galettes-saucisses ou vendaient des programmes, leurs casquettes de laine bleue offertes par l'organisation et qu'ils portaient autant pour se protéger les oreilles du froid que pour s'identifier à une sorte de nouvelle famille. Cette somme de gens bien comblait Pierre de joie.

Quand le speaker a lancé : « Mesdames, messieurs, Pierre Chandemerle ! », la foule a applaudi à tout rompre. Pierre avait des larmes de bonheur plein ses paupières fatiguées, il les a essuyées du revers de la main. Éliane, en contrebas, pleurait aussi.

Pierre a tendu la coupe du vainqueur à Matthieu et Matthieu est tombé dans ses bras. Le speaker a crié :

« Mesdames, messieurs, un tonnerre d'applaudissements pour le grand-père et le petit-fils ! »

Après, ils sont allés fêter ça chez Pierre et Éliane dont le terrain borde la ligne d'arrivée. Il y avait les oncles et les tantes, les cousins et les cousines, plus de quarante personnes heureuses de cette victoire et d'être ensemble, serrées dans la petite maison. Un grand moment.

Aujourd'hui c'est donc le premier dimanche depuis le début de la saison que Matthieu ne court pas. Marc conduit. Ève est à sa droite et Matthieu est assis à l'arrière. Il se penche entre les deux pour parler de cette fille qu'il a rencontrée il y a trois semaines et avec laquelle il discute depuis. Elle s'appelle Inès. Il s'emballe sur chaque détail, sur la moindre chose. Elle le rend dingue, c'est la première fois qu'il éprouve quelque chose d'aussi fort. La semaine dernière, il a même séché l'entraînement pour continuer de parler avec elle au téléphone avant qu'elle ne retourne au travail. C'est peu dire qu'elle l'obsède, qu'elle occupe toutes ses pensées. Ève s'amuse de l'enthousiasme de Matthieu. Elle lui demande quand il va la leur présenter.

« Pas tout de suite, tu vas lui faire peur, plaisante Matthieu.

— Sympa…

— Je rigole, je ne sais pas quand je vais vous la présenter. Pour l'instant, j'ai envie que ça reste à nous. C'est vraiment spécial. J'ai envie de prendre le temps. De faire les choses bien.

— Sinon tu nous la montres de loin, discrétos, propose Marc.

— Oui, on verra.

— Elle fait quoi dans la vie, Inès ?

— Elle travaille dans un restau, elle est sommelière.

— Sommelière ?! coupe Ève, en voilà une qui a été bien orientée dis-moi…

— Oui, c'est ce que je lui ai dit ! Mais, en fait, elle a toujours voulu faire ça. Elle m'a raconté que pour les dix ans de mariage de ses parents, elle était allée dans un grand restaurant. Son père, sa mère et elle s'étaient mis chic pour l'occasion. La sommelière, la façon qu'elle avait de s'exprimer, de se tenir, l'étendue de ses connaissances ont fasciné Inès. Et depuis ce jour-là elle s'était mis en tête de faire ce métier. Comme les mômes qui rêvent de devenir astronaute ou pompier.

— Je déteste les pompiers ! lance Marc, faussement dégoûté.

— T'es jaloux de leur musculature, renchérit Matthieu.

— Mais elle est très bien ta musculature, mon chat, ajoute Ève, ironique. Petit garçon, va.

— Elle va faire comment quand l'interdiction sera votée ?

— Justement, elle ne sait pas. Elle est emmerdée, comme plein de monde. Elle m'a dit qu'elle pensait à partir à l'étranger. Je crois surtout qu'elle espère que la loi ne va pas passer.

— Tu lui as dit que t'étais favorable à la loi, toi ? demande Marc.

— Je le lui ai dit, vite fait. Elle m'a donné ses arguments, je lui ai donné les miens, et voilà.

— De toute façon, ça va être le gros bordel ce truc. Je le sens, dit Ève, la voix inquiète et le visage crispé. J'ai peur que ça n'explose…

— Et tu l'as ken' ?

— Mais non, on n'a pas ken' ! On se connaît tout juste.

— C'est un romantique, le petit Matthieu, s'amuse Ève, tout le monde sait ça.

— Romantique de rien du tout, il est puceau en vrai. »

Matthieu, retenu par la ceinture, se rapproche autant que possible des deux sièges et dit :

« Puceau ? Moi ? T'oublies que c'est ta sœur qui m'a dépucelé, mec, et le pire dans l'histoire, c'est que ta mère nous matait. »

Marc éclate de rire et traite Matthieu de grand malade. Ève lève les yeux au ciel. Elle sourit.

Matthieu se réinstalle dans le fond de son siège. Ça revient. C'est beaucoup plus fort.

Depuis quelque temps, Matthieu ressent des douleurs sourdes quelque part dans le creux des reins. Rien d'insupportable, une gêne. Il en a parlé à son patron vendredi. Pourtant, il n'est pas du genre à se plaindre. Son patron lui a dit d'aller chez le médecin dès que possible. Les douleurs dorsales, il les connaît bien. C'est la maladie des menuisiers, lui-même a été opéré deux fois. Si Matthieu commence à avoir des hernies à vingt et un ans, il n'a pas fini. Le patron lui a prêté une ceinture de maintien pour finir la journée, ça n'a pas vraiment soulagé Matthieu.

Maintenant, ce n'est plus une gêne, c'est une douleur pénible.

« J'ai mal dans le dos depuis un moment, ça me fait un mal de chien d'un coup…

— Faut que tu ailles chez le docteur, mon lapin, tu veux un médicament ? s'inquiète Ève.

— J'y vais demain. Mais je veux bien un truc, t'as quoi ?

— J'ai du Doliprane à la codéine dans mon sac… tu en veux ?

— Je ne crois pas que j'aie le droit à la codéine, à cause du vélo… Il y a des contrôles antidopage même chez les amateurs maintenant. À mon avis, la codéine, c'est pas bon.

— Tu veux que je m'arrête à une pharmacie ? propose Marc.

— Oui, je veux bien, si ça te dérange pas.

— Non, seulement c'est dimanche, on ne trouvera jamais une pharmacie ouverte. Vous rêvez, les gars.

— Tant pis alors. »

Marc se gare sur le parking de la plage en faisant un créneau alors qu'il y a une place facile à prendre dix mètres plus loin. Il tire sur le frein à main avec énergie, et se tourne vers Ève, tout content.

« Qu'il est fort ! » surjoue Ève.

Ils descendent de la voiture, les garçons posent leur serviette sur les épaules, Ève a la sienne dans un petit sac de paille tressée qu'elle tient par l'anse. Ils marchent.

L'air pique et sent le chaud.

Marc et Ève se mettent en maillot. Matthieu, protégé par les verres fumés de ses lunettes, regarde les fesses d'Ève. Elle allume une cigarette, Marc râle car il n'aime pas l'odeur de tabac sur sa peau.

Marc ne fume pas. Quand il était petit, il s'est réveillé un matin en toussant. Sa toux n'a cessé d'empirer pendant plusieurs heures au point qu'il en éprouvait de la difficulté à respirer. Sa mère l'a emmené chez le docteur. À l'affolement du médecin, elle a compris que quelque chose, sinon de grave, tout au moins d'inquiétant, était en train de se passer. Marc s'est mis à pleurer, il respirait toujours moins bien. Le Samu a transporté Marc jusqu'à l'hôpital. Sa mère lui tenait la main dans l'ambulance. Marc ne se souvient pas avoir entendu la sirène. Peut-être qu'ils ne l'ont pas mise.

On lui a posé un masque sur le visage et en quelques minutes tout est rentré dans l'ordre. Matthieu était venu le voir le lendemain à la maison. Il lui avait apporté ses devoirs et un cadeau. Il a oublié ce que c'était, sûrement un petit tracteur. Gamin, Marc ne jouait qu'avec ça. Ça agaçait Matthieu qui n'en avait que pour le sport, lui qui s'était mis au vélo pour faire plaisir à sa famille, pour rendre fier son grand-père et surtout pour avoir un sujet de conversation avec son père. Quand Yan est parti avec cette fille plus jeune, Matthieu a songé à abandonner le cyclisme mais il ne voulait pas décevoir Pierre.

Moins d'un mois après, la scène s'est reproduite, plus forte, et Marc a bien cru mourir. Il s'est avéré qu'il était allergique aux acariens. La réaction entraînait des laryngites aiguës associées à de l'asthme qui faisait enfler son larynx jusqu'à obstruer sa gorge. Marc et Matthieu ont mis du temps à comprendre ce que ça signifiait vraiment. Marc faisait des crises sévères que seules des bouffées de Ventoline arrivaient à calmer. On l'a désensibilisé aux acariens. Trois ans à se prendre une piqûre dans les fesses tous les lundis et vendredis soir. On avait dit à Matthieu de faire attention en jouant que Marc ne s'énerve pas trop. Ses parents lui avaient même confié la tâche de surveiller son copain et de prévenir tout de suite s'il avait l'impression que Marc s'étouffait. En grandissant, son larynx s'est élargi et Marc n'a plus jamais fait de crises. L'allergologue qui le suivait lui a dit un jour qu'avec des poumons fragiles comme les siens, s'il fumait, il mourrait. Marc ne souhaite pas mourir. Marc ne fume pas. Matthieu ne fume pas non plus, ça gâcherait son niveau physique. Il n'a pas envie de s'entraîner pour rien.

Ils s'installent sur le sable et Marc reparle de l'histoire des Lebensborn qu'il a apprise le week-end précédent. « Une histoire de malade, quand même », conclut Matthieu…

Un bruit les surprend. Sur leur gauche, trois avions de chasse apparaissent. L'horizon est fendu en deux.

Matthieu déteste les avions de combat. Cette menace au-dessus de leurs têtes, comme si on avait besoin de ça aujourd'hui.

« Sûrement des avions de la base de Landivisiau, j'en ai souvent vu passer au-dessus de chez moi », dit Marc.

Matthieu aussi en a vu souvent. À chaque fois, il essaye de se mettre à la place du pilote, à quoi il peut penser au moment où il appuie sur le bouton, que Matthieu imagine rouge comme dans les films, et qu'il fait feu sur qui, sur quoi ? *Tu dois avoir l'air fin quand tu rentres chez toi après*, pense Matthieu.

« Ce sont les Allemands ! Ils viennent te rechercher, puisque t'es en partie schleu, rigole Matthieu.

— Non, je pense qu'ils vont dans le Sud, pour mettre la pression aux vignerons. J'ai vu aux infos que ça chauffe dans les Corbières et dans la vallée du Rhône, dit Marc, sans rire.

— Moi j'ai peur que ça se finisse en guerre civile », dit Ève, la mine triste et dessinant une fleur avec son doigt sur le sable fin.

La guerre, ça a été la grande absente pour leurs parents et pour eux. Ils y connaissent quoi à la guerre ? Des reportages à la télévision, des leçons d'histoire apprises par cœur il y a des années, des morceaux de vie de leurs grands-parents confiés de temps à autre.

Seulement ils ressentent, comme le reste de la population, une tension invraisemblable depuis la décision d'interdire le vin dans tout le pays. Le président Rossi a annoncé la parution du décret sur les alcools de plus de 9°, surnommé aussitôt « la loi anti-vin », pour le dernier trimestre 2005 et chacun craint l'étincelle qui embrasera tout le territoire.

Les CAV, les comités d'action viticoles les plus radicaux, ont déjà commis plusieurs attentats contre des bâtiments publics depuis le début de l'année, sans faire de victime. Le ministre de l'Intérieur a été gravement blessé par un jet de boulons fin février, au Salon de l'agriculture, et la résidence secondaire de la ministre de la Santé a été incendiée la semaine d'après. De nombreux militants « pro-vin » ont déjà été mis en prison. Les actions en faveur de la reconversion des professionnels du secteur n'ont pas porté leurs fruits pour le moment. Et surtout, personne ne connaît la réaction des consommateurs, lorsque les stocks des magasins seront vides et les réserves personnelles épuisées. Les manifestations brutales qui ont suivi l'interdiction des boissons de plus de 18° en 2003, si elles ont pu être jugulées, ont montré la difficulté pour le gouvernement à faire passer ce type de réforme, et le risque de violence inhérent à la défense d'un quelconque idéal.

La lutte est aussi sémantique. Les membres des CAV sont considérés par le gouvernement comme des terroristes désormais, quand eux parlent de résistance. Le gouvernement et la police sont traités à leur tour de fascistes ou de SS par leurs opposants, quand eux se targuent d'être les protecteurs de la population face aux extrémistes.

Depuis quelques mois, les suicides se multiplient dans les vignobles. Des propriétaires qui ne supportent pas la honte d'être la dernière génération. D'autres, plus nombreux, qui savent que leur endettement ne pourra être comblé par les compensations promises par le gouvernement. D'autres encore qui pensent que la vie sans vin ne vaut pas d'être vécue.

Le président Jean-Baptiste Rossi, qui a construit son ascension politique sur le thème de la lutte contre l'alcool depuis 1993 et en a fait la base de ses succès électoraux depuis 1997, s'est dit attristé par ce qu'il qualifie de « drames humains ». Mais il n'a pas reculé.

Partout, à la table de chaque famille de France, lors de chaque dîner entre amis, au moment de chaque café entre collègues, au cours de chaque débat télévisé, revient cette même peur. Celle de la guerre. De la guerre civile. La peur d'un basculement.

Marc propose un foot à Matthieu. Ils jouent à se mettre des petits ponts. Ils rient. Ils lèvent les bras haut dans le ciel. Après une dizaine de minutes, le mal de dos de Matthieu est trop pénible. Il dit qu'il arrête de jouer.

« Tu peux me donner un cachet quand même ?

— Je croyais que tu n'avais pas le droit ?

— Tant pis… j'ai trop mal. »

Ils vont se baigner. Ça fait longtemps qu'ils ne se mouillent plus la nuque avant d'aller dans l'eau. La mer est fraîche, presque glacée. Le froid, ou bien est-ce le médicament, soulage les reins de Matthieu.

Le bruit revient, c'est assourdissant. Une escadrille passe au-dessus de la plage, si bas qu'on croit pouvoir toucher les ailes des avions. Tout s'arrête.

Ils retournent sur les serviettes. Matthieu regarde les filles autour. Il pense à Inès. Il rêve du moment où il l'embrassera.

Ève s'endort pendant que les garçons discutent. Lorsqu'elle se réveille, elle part se baigner car elle a pris chaud. Elle nage un peu et elle demande à rentrer. Elle veut passer voir sa grand-mère. Même si Perrine ne la reconnaît plus, et que c'est difficile, elle veut lui parler.

Ève, une rêveuse. C'est comme ça. On lui a dit un jour que ce sont les rêveurs qui mènent le monde, que sans eux on vivrait encore dans des grottes. Ève n'a pas du tout envie de mener le monde. Il n'y a aucune chance qu'elle mette les pieds dans une grotte. Pour que des chauves-souris se prennent dans ses cheveux ? Merci bien. Elle a assez avec son monde à elle, qui est rempli de robes plus belles les unes que les autres, de rires et des fleurs qu'elle aime. De lords anglais.

C'est son idée fixe, les lords anglais. Ça lui a pris le jour où elle a lu *Jane Eyre*. Cependant, elle ne voudrait pas que son lord à elle devienne aveugle. Il ne pourrait pas voir ses robes plus belles les unes que les autres. Il ne pourrait plus voir ses seins. Seulement les toucher, mais ce n'est pas assez. Les seins d'Ève sont lourds et doux. Des seins de femme.

Le livre, *Jane Eyre*, c'est son père, Michel, qui le lui a offert le matin de ses quinze ans. Il y a ajouté une enveloppe avec un gros billet. Il a toujours aimé faire des cadeaux à sa petite chérie. Son enfant unique. Chaque soir, quand elle était gamine, il se penchait au-dessus d'elle avec un bonbon à la bouche. Il le lui donnait comme si elle était un oisillon. La moustache épaisse du père venait chatouiller le bout du nez de la fille. Ève était enchantée. Les heures passées chez le dentiste ensuite n'étaient rien pour des moments comme ceux-là. Oui, Ève est amoureuse de son père. Son père est mort. Il lui manque. On ne peut pas comprendre ce genre d'absence. Merci. Fin de l'histoire.

Son lord anglais, c'est Marc. Ève dit qu'il est l'amour de sa vie. Ève dit qu'ils sont fusionnels. Il n'y a pas d'autre mot. Pour bien faire comprendre aux gens, elle prend l'exemple de cette sculpture, là, mais si, vous savez, *Le Baiser*, de Brancusi. Deux corps. Une étreinte. Dans le même bloc de pierre.

Marc n'a pas eu à lui faire la cour avec la lavallière, le haut-de-forme et les bottes cirées. Ève et Marc se sont rencontrés dans une boîte de nuit pas terrible. Il lui a offert un verre. Ils ont parlé. Marc a voulu l'impressionner en se vantant d'avoir sauté son CE2. Ça a fait rigoler Ève. Ils ont dansé. Quand elle a su qu'il avait presque quatre ans de moins qu'elle, elle l'a trouvé encore plus beau. Ils se sont embrassés juste après. Depuis, ils sont fusionnels.

Jamais elle n'a autant ri avec quelqu'un. Nulle part, il ne s'est mieux senti à sa place qu'auprès d'elle.

Pourtant Marc va s'en aller. Ève se demande comment elle va supporter le manque. Il part le 3 janvier au Burkina Faso, son « grand projet », il appelle ça.

Elle a voulu l'en dissuader mais elle a renoncé quand on lui a fait remarquer que c'est égoïste de vouloir garder quelqu'un pour soi. *Et le voyage de Marc*, pense Ève, *qu'est-ce que c'est alors si ce n'est pas de l'égoïsme ?* Elle l'a quand même mis en garde : elle n'a rien d'une femme de marin. Elle vivra la vie qu'elle a à vivre. Marc a répondu que six mois passaient vite, que c'était une opportunité formidable. « Je ne penserai qu'à toi, on s'enverra des messages tous les jours. »

Ève s'en fiche de ses mails. C'est lui qu'elle veut. Sa peau, sa voix, ses blagues, la façon qu'il a de la regarder, ses yeux bleu clair qui vont avec. Sa présence, pas loin. Ève se dit qu'elle écrira tous les jours, oui, mais qu'elle mentira sans cesse. Elle lui racontera ce qu'elle ne vit pas, elle inventera des histoires. Elle changera les noms des clients du magasin. Elle modifiera celui des fleurs. Elle créera des personnages. Ça lui fera les pieds, à Marc.

« Et s'il y a la guerre ? ose Ève.

— Mais il n'y aura pas la guerre, on n'en est pas là. Et si vraiment ça devenait trop grave, je reviendrais », promet Marc.

Ève est tout à côté de Perrine. Perrine dort. C'est le cas depuis plusieurs mois. La maladie a grignoté son cerveau jour après jour. Les endroits où elle avait rangé ses affaires d'abord, puis les prénoms, les visages, les souvenirs, les mots.

Au début, ça amusait Ève quand Perrine perdait légèrement la tête, quand elle l'appelait Isabelle ou Mathilde, qu'elle la prenait pour la femme de ménage ou qu'elle la gâtait deux fois pour les étrennes. Mais quand Perrine a commencé à chercher partout son mari et son fils, à hurler pour qu'ils arrêtent de se cacher d'elle, c'est devenu insupportable et Ève a arrêté de venir la voir. Ça la faisait trop souffrir. Elle était minée pendant des jours.

Sa mère lui a conseillé de se protéger. Ève a écouté. Elle vient le dimanche, maintenant que Perrine ne parle plus. Ève l'écoute respirer. Elle caresse ses longs cheveux. Elle lui raconte des choses ou elle ne dit rien, selon son humeur. Les médecins ont dit que Perrine pourrait rester longtemps dans cet état, parce que le corps humain, quand il s'accroche à la vie, peut être étonnant.

Ève sait qu'à la Libération Perrine a été battue et tondue parce qu'elle avait couché avec des Allemands. Perrine n'en a jamais fait mystère, elle l'a dit à son mari. Elle l'a dit à son fils. Elle en a parlé aussi à Ève, quand elle a considéré qu'elle était en âge de comprendre.

Perrine n'a jamais donné de raison au fait qu'elle a couché avec des Allemands. Elle n'a jamais parlé de son père. De ce qu'il lui avait fait. Elle pensait que ça ne servait à rien.

Après avoir été battue, Perrine a quitté sa petite maison de Locquémeau. Elle a abandonné ce qu'elle avait. Elle a marché. Elle a laissé la mer dans son dos. Elle était à l'affût du moindre son. Un cri, le bruit d'un moteur qui viendrait vers elle, et même les avions, là-haut, dans le ciel.

Perrine est arrivée dans un bourg qu'elle ne connaissait pas. Des gens l'ont vue, ses cheveux tondus, son corps tremblant et brisé. Ils ont compris. Ils l'ont plainte ou ils l'ont maudite, on ne sait pas. Perrine est entrée dans l'église, elle s'est couchée sur un banc. L'homme en croix face à elle, elle s'est endormie.

On lui a secoué l'épaule. Perrine s'est éveillée.

« Viens donc », il a dit, la main tendue, les yeux bons. Il l'a aidée à se lever et l'a conduite jusqu'au presbytère où il a enlevé son béret qui lui donnait une allure de sportif et l'a posé sur la patère.

L'homme, le père Roger, n'était pas de ceux qui posent des questions. Surtout, il savait. Il connaissait le cœur des hommes. Ce dont ils sont capables. C'était la troisième fille qu'il recueillait cette semaine-là. La troisième qui venait se réfugier dans son église depuis que certains, rendus fous par l'illusion que tout est permis, s'en prenaient à des femmes comme ils n'auraient pas osé le faire à des animaux.

Il a offert à Perrine un morceau de pain, du beurre et un bol de lait dans lequel il a fait fondre du chocolat donné par un Américain. Il y a ajouté une goutte d'alcool de pomme. Perrine a mangé et bu. Le père Roger a proposé de panser ses plaies. Elle a fait oui de la tête. Il a coupé les quelques mèches de cheveux qui avaient échappé à la tonte. Il a tendu un miroir à Perrine qui, se découvrant ainsi, a pleuré. Pleuré. Pleuré. Elle a demandé si elle pouvait aller dormir.

Un jour, Ève était encore toute petite, Perrine a lâché le bouquet de fleurs qu'elle était en train de préparer pour un client et elle est tombée dans les bras d'un vieil homme qui venait d'entrer dans la boutique. Le carillon n'avait pas fini de tintinnabuler que Perrine embrassait déjà de tout son cœur celui qui portait à l'ourlet de sa veste une petite croix en argent. Elle a regardé Ève et elle lui a dit que ce monsieur, ses paroles et son regard, lui avait sauvé la vie. C'était Roger.

Perrine ira se cacher chez les sœurs le temps que les choses se calment, le temps aussi pour elle de trouver la force de vivre parmi les autres. Elle quitte le presbytère dans lequel elle a passé deux jours avec une autre femme, Rose. Père Roger a tout organisé.

C'est une nuit de pluie chaude. On les conduit au couvent. Le chemin est long, la vieille guimbarde traverse la campagne. Le père Roger est devant, à côté de son frère, Louis, au volant. Il leur dit que tout ira bien et Perrine et Rose savent que c'est vrai. Tout ira bien.

Trois ans chez les sœurs pour Perrine. Matines, laudes, prime, tierce, sexte, none, vêpres, complies. Peu de paroles. Des sourires comme des bras qui vous serrent. Mais plus jamais la foi. C'est comme ça.

On lui a appris la fin de la guerre, les bombes au Japon, le tumulte du monde autour qui n'en finissait pas. Perrine a quitté le monastère, elle avait vingt-cinq ans.

Ses cheveux avaient repoussé, elle connaissait les fleurs, les herbes, les plantes qui apaisent. Sa peau avait cicatrisé depuis longtemps. Il était temps. Elle allait reprendre sa place au monde.

Elle est montée dans un train, puis un car, puis elle a marché un peu. Elle est retournée vers la maison de ses parents, l'a trouvée à terre. Des engins de chantier tout près. Perrine était étonnée. Perrine était heureuse.

Elle a marché encore, elle a toqué chez le notaire qui lui a ouvert et lui a dit qu'on avait abattu sa maison pour y construire une aile de la nouvelle mairie. On l'a cherchée, mais on n'a jamais réussi à la retrouver avec cette guerre. Bien entendu, Perrine a été dédommagée. L'argent est sur un compte et on le lui débloquera dès que la situation sera réglée. Le notaire peut lui faire une avance contre une reconnaissance de dettes. Il a demandé sa nouvelle adresse. Perrine a répondu qu'elle n'en avait pas pour le moment mais qu'elle lui écrirait dès qu'elle serait installée.

Perrine a pris le train pour Paris où une sœur lui avait trouvé un travail de bonne dans une famille du VIIe arrondissement. Des personnes exquises, qui avaient deux fils.

Les deux fils n'ont pas mis longtemps à se taper dessus pour savoir lequel des deux aurait le droit de fréquenter Perrine. C'est le plus jeune qui a gagné. Parce que c'est lui qui avait cogné le moins fort et que Perrine en avait assez de la violence des garçons. Il s'appelait Joseph mais tout le monde le surnommait Jojo. Il venait retrouver Perrine dans sa chambre du sixième dès que la clochette avait fini de retentir et qu'elle avait terminé son service.

Ève se souvient de son père qui revenait souvent sur tout ça : la rencontre de ses parents à Paris, les souffrances de sa mère, la cicatrice fine en forme de croix gammée sur le front qu'on pouvait voir dans le temps, quand on s'approchait très près d'elle, le matin, avant qu'elle ne la dissimule avec du fond de teint.

Ève observe le visage de sa mamie.

Joseph a donné un baiser sur la cicatrice de Perrine avant même de l'embrasser sur les lèvres. C'était pour soulager sa peine, quand elle lui a expliqué.

Perrine et Joseph ont quitté Paris deux ans après. Joseph avait trouvé un poste d'ingénieur dans le génie mécanique mais c'était en Bretagne. Il a demandé à Perrine si ça ne la dérangeait pas de retourner là-bas et elle a dit que non, elle s'en accommoderait.

Ils ont acheté une maison isolée sur la route entre Saint-Brieuc et Loudéac, dans un hameau qui s'appelle Le Coudray. Il y avait un petit bois au bord de la propriété et un lavoir abandonné qui servait d'abreuvoir aux vaches d'un paysan d'à côté. Avec l'argent débloqué par le notaire, Perrine a ouvert un magasin de fleurs à Quintin. Elle s'y rendait en voiture. Elle était une des premières femmes du coin à en conduire une. Personne là-bas, ni les clients ni les autres commerçants, ne connaissait son histoire.

Un fils est né : Michel, le père d'Ève. Le bébé dont Perrine rêvait tant. Elle lui a fait des bisous. Elle a pris soin de lui. Bien comme il faut.

Le bébé n'avait pas un an quand les gendarmes de Quintin sont venus chercher Joseph. Trois semaines avant, Joseph avait mis le feu à la maison de celui qui avait torturé sa femme sur le port de Locquémeau, à soixante-dix kilomètres de là. La maison était vide. On n'a jamais su s'il avait vérifié avant de l'incendier et il n'a jamais voulu le dire. S'il y avait eu un mort, on aurait pu lui couper la tête. Il y a eu un procès dont on a parlé dans la presse. Ève a lu des articles de journaux dans l'album que conservait Perrine. Un jour de crise, Perrine l'a détruit.

Joseph a fait quatre ans de prison. On lui a trouvé des circonstances atténuantes.

Quand Joseph est sorti, son fils, qui allait sur ses cinq ans, ne l'a pas reconnu et a refusé de l'embrasser malgré les ordres de Perrine. Il l'a appelé « monsieur ». Ça a engendré une blessure qui ne s'est jamais refermée, ni pour Joseph ni pour son fils. Ils étaient comme deux étrangers dans la même maison. Il y a toujours eu une distance entre eux.

Ève, dans la clandestinité de son âme, celle qu'elle ne révélera jamais, ressasse les violences qu'a subies sa grand-mère à la Libération. Elle en parle parfois parce que rien ne sert de nier les évidences. Mais c'est en surface, comme un leurre, et Marc mord à chaque fois, lui dit, en pensant l'aider, que « depuis le temps il faut avancer ». Ève ne répond pas, elle sourit, belle comme Perrine quand elle descendait le bourg, qu'elle faisait regretter le mariage aux anciens, l'espérer aux plus jeunes, et honte à son père.

Cette violence, Ève la porte en elle quelque part, elle le sait, elle la sent. Elle apparaît à la sauvette dans les joues qu'elle serre entre ses dents, dans un poing qui se ferme et ses ongles qui griffent sa paume, ou dans des chagrins incontrôlables qui la submergent comme sont submergées les digues trop faibles par les coups de tabac de l'hiver. Elle est goulue cette violence. Elle voudrait manger Ève tout entière.

Ève est obsédée par l'incendie qui a brûlé la maison, qui a mis son grand-père en prison, qui a fait que son fils, le papa chéri d'Ève, l'a appelé « monsieur ».

La cicatrice en forme de croix gammée de Perrine est dissimulée désormais par le temps et par les rides. Elle est enfouie. Mais elle est toujours là. Ève, qui s'occupe du magasin de fleurs avec sa mère, s'est promis d'avoir un jour l'audace de donner un baiser sur le front de sa grand-mère, comme l'avait fait Joseph.

Ève s'est aussi promis de terminer l'histoire commencée à Locquémeau il y a soixante ans.

Matthieu est debout avant la sonnerie du réveil. Il a passé une sale nuit. Son mal de dos ne l'a pas lâché. Il n'a pas pensé à demander à Ève de le dépanner d'un ou deux de ses cachets. Il boit un café et part chez son médecin. Il le connaît depuis l'enfance. Ils se tutoient. Matthieu l'aime bien parce qu'il lui a sauvé la vie quand il avait quatre ans en lui retirant une arête de poisson qui s'était coincée dans sa gorge. Sa mère dit qu'il n'aurait pas pu en mourir. Matthieu n'en est pas sûr.

Matthieu est le premier patient de la journée. Le docteur est à la porte de son cabinet. C'est une vieille maison transformée, il habite à l'étage. Il fume une cigarette et termine son café. Ils se saluent, Matthieu entre. Le médecin le suit, il se lave les mains dans son petit lavabo tout en lui demandant ce qui l'amène.

« J'ai mal au dos depuis plusieurs jours, depuis plusieurs semaines peut-être. Ce n'était pas très fort au début, mais ça empire. C'est gênant au travail et aussi à l'entraînement. En course, l'adrénaline me fait oublier la douleur. Cette nuit, par exemple, j'ai hyper mal dormi. Les Doliprane me soulagent un peu. Hier, j'ai pris de la codéine, ça m'a fait du bien mais je voudrais éviter d'en reprendre à cause des contrôles antidopage. De toute façon, le mal finit toujours par revenir.

— Tu as fait un faux mouvement ou quelque chose ? T'es tombé peut-être ? Tiens, lève-toi et enlève ton tee-shirt.

— Non, je ne suis pas tombé. Au boulot, je porte des trucs lourds en permanence. Mon patron me dit de faire attention à mes positions, mais la plupart du temps, c'est vrai que j'oublie et je porte tout en force… Hmmm, oui, c'est juste là que c'est douloureux.

— Avec le dos, c'est toujours compliqué de savoir. »

Le docteur poursuit son auscultation, il touche le corps de Matthieu en différents endroits et l'interroge.

« Tu peux te rhabiller. Je vais te prescrire des anti-inflammatoires pour commencer…

— C'est la même chose, les anti-inflammatoires, je n'ai pas le droit, je pense, c'est comme pour la codéine.

— Je comprends bien, mais il faut te soigner !

— Y a rien d'autre que les anti-inflammatoires ?

— Paracétamol, Doliprane, quoi, ça t'y as droit. Et je vais te mettre une semaine d'arrêt. Pour le dos, le plus efficace, c'est souvent le repos. Si tu as encore mal le week-end prochain, tu reviens, on fera des radios. Et évidemment pas de vélo non plus. Tu vas voir un ostéopathe de temps en temps ?

— Pas souvent, une fois par an peut-être…

— Prends rendez-vous cette semaine. Ça ne peut pas te faire de mal. »

Le docteur remplit l'ordonnance et l'arrêt de travail. Matthieu hésite un moment. Ça a du mal à sortir. Pourtant c'est la vraie raison qui l'a conduit à venir le voir. Le dos c'est une excuse. Il a conscience à cet instant de la façon dont on se ment.

« Et aussi, j'ai remarqué une chose un peu bizarre… En fait, j'ai l'impression d'avoir un testicule plus gros que l'autre. Peut-être que je me fais des idées.

— Ah bon ? Il te semble beaucoup plus gros ?

— Non pas beaucoup… un peu. J'ai remarqué ça il y a quatre ou cinq jours. Il est aussi un peu douloureux…

— D'accord. Enlève ton pantalon et ton caleçon. »

Le docteur enfile des gants, lui palpe les testicules et confirme que le gauche est plus gros que le droit. Matthieu n'en mène pas large, c'est toujours délicat de voir ses couilles dans les mains de quelqu'un. Il faut avoir confiance. Le médecin touche aussi le ventre de Matthieu et les aines.

« Tu peux te rhabiller. Ce qu'on va faire, c'est que je vais appeler un copain à moi pour que tu passes une échographie. »

Le docteur compose le numéro de téléphone, ça répond. Il se présente, demande le secrétariat de son ami. Il dit qu'il faut qu'on voie un de ses patients. Il précise : « Le plus vite, c'est le mieux. » Quand Matthieu entend ces mots, ça lui fait comme quand quelqu'un lui serre la main fort pour l'impressionner. Matthieu déteste quand on lui fait ça, parce que c'est vrai que ça l'impressionne. Il se sent vulnérable.

Le docteur lui dit de ne pas s'en faire et de se reposer. Matthieu quitte le cabinet, il oublie de payer. Tout ce qu'il sait c'est qu'il a rendez-vous à dix-sept heures trente. C'est comme si son cerveau n'était capable de traiter qu'une seule information à la fois. Les heures sont interminables.

Matthieu arrive à la clinique de Saint-Brieuc avec trente minutes d'avance. Il patiente maintenant. Sur son portable, il y a trois messages d'Inès, mais il n'y répond pas. Il se dit qu'il le fera après. Il est comme entre parenthèses.

On le fait entrer dans une salle, il reconnaît l'échographe. Il a déjà passé une échographie une fois. C'était pour son genou droit après une méchante chute de vélo, à l'arrivée au sprint d'une course de clocher. Un gars l'avait coincé contre les balustrades, il avait valdingué, tout le peloton lui était passé dessus. Son genou s'était tordu dans la chute. Il avait quatorze ans, c'était en avril ou en mai, il ne sait plus.

Le médecin entre.

« J'ai eu Bernard, votre docteur, au téléphone, c'est un bon copain, on va regarder tout ça tranquillement. Enlevez votre pantalon et votre slip et allongez-vous.

— Vous pensez que c'est grave ?

— Ça peut. Mais ça peut aussi n'être rien. Vous faites du vélo, il paraît ? »

Il applique du gel sur la sonde et il la pose sur les couilles de Matthieu. C'est froid mais pas désagréable. Une image en noir et blanc apparaît sur l'écran, une boule mal arrondie. L'homme ne dit rien, il ne bouge presque pas. Il prend différentes mesures. Il fait pivoter une molette avec sa main gauche et appuie sur des boutons. Ça dure plusieurs minutes. Matthieu regarde l'écran sans comprendre.

« O.K. J'ai tout ce qu'il faut. Vous pouvez vous rhabiller. »

Le docteur lui tend un papier et Matthieu s'essuie.

« Vous retournez en salle d'attente et je vais vous appeler. »

Dix minutes après, Matthieu entre dans le bureau. Il a les jambes engourdies comme au lendemain d'une course.

« Je viens de parler à Bernard. Le mieux c'est que vous passiez le voir, il va tout vous expliquer.

— C'est grave, c'est pour ça ? »

La voix de Matthieu est cassée, il ne la reconnaît pas.

« Allez voir votre docteur. Il vous attend. Il vous dira tout… »

Matthieu s'en va. Il monte dans sa voiture. Il roule lentement. Son docteur est là, il l'attend, en effet. Matthieu entre dans le cabinet.

Depuis que Matthieu a remarqué le grossissement de son testicule, il a commencé à se poser des questions. Très vite, il a pensé à Lance Armstrong. Très vite, il a pensé au cancer. Mais c'était une idée en l'air. Comme quand on a mal au crâne et qu'on se demande si on a une tumeur. Ça n'a rien de réel. Comme les monstres qui se cachent sous le lit, les histoires qu'on se raconte pour se faire peur. Ça fonctionne souvent, on a peur jusqu'à ce qu'on dorme, mais le lendemain, en se réveillant, c'est fini.

Depuis qu'on lui a dit que son docteur l'attendait, Matthieu a compris ce qu'on va lui annoncer : que tout est vrai, le cancer, les tumeurs et les monstres sous le lit. Matthieu comprend aussi que demain, en se réveillant, rien ne sera fini.

« Écoute, Matthieu, ton échographie nous pose un problème. Il y a une anomalie au niveau de ton testicule gauche. Demain matin, tu vas aller faire une prise de sang… mais voilà, tu as probablement un cancer. »

Matthieu, machinalement, dit : « D'accord. » Il pense à sa mère, à ce qu'il va lui dire, il pense à son père, à son absence, il pense à sa sœur et à son petit frère, il pense à Inès qu'il n'a pas encore embrassée. Il se dit que jamais il ne lui fera l'amour. C'est cette pensée qui le rend le plus triste. Ses premières larmes coulent.

Le docteur met du temps avant de reprendre la parole. Il se lève de derrière son bureau et vient frotter le dos de Matthieu. C'est un geste d'humanité. Matthieu s'en souviendra longtemps.

« Je comprends, reprend le docteur, je comprends très bien. Le mot cancer fait peur. Mais il ne faut pas paniquer. Le cancer du testicule, c'est un de ceux qui se traitent le mieux.

— Je vais avoir une chimio… ?

— On n'en est pas là, Matthieu. Il faut attendre la prise de sang. Ensuite, tu iras voir un spécialiste à l'hôpital. Je t'ai pris un rendez-vous mercredi, à onze heures trente.

— On n'est pas sûrs que ce soit un cancer, n'est-ce pas ?

— Pour le moment, on n'est pas sûrs, c'est la prise de sang qui le confirmera. Mais je ne veux pas te donner de faux espoirs. C'est très certainement ça. Est-ce que tu veux que j'appelle ta mère pour qu'elle vienne te chercher ?

— Non, non, ça va aller. Je peux conduire.

— Ce serait bien que tu ne rentres pas chez toi. Va chez ta mère. Ne reste pas seul ce soir. »

Matthieu sort du cabinet. Le docteur lui serre la main et lui dit : « Courage. » Matthieu fait comme il lui a dit. Il va chez sa mère.

Quand Matthieu lui répète les mots du docteur, Pascale se masque la bouche et se met à pleurer. Puis elle prend Matthieu dans ses bras. Il est mal à l'aise mais il pense qu'elle en a besoin et peut-être que lui aussi. Il se laisse faire.

Elle appelle le docteur pour en savoir plus, il essaie de la rassurer, seulement ça ne fonctionne pas très bien. Elle propose à Matthieu de rester dormir chez elle mais Matthieu refuse car il se voit mal passer la nuit avec sa mère en pleurs en train de s'épancher sur le triste sort de ses couilles.

« Tu pourrais prévenir papa, s'il te plaît ? Je ne me sens pas la force…

— Oui, oui, je vais l'appeler, ne t'en fais pas. »

Matthieu ne peut plus retenir son émotion. Il pleure dans les bras de sa mère comme le ferait un enfant. À chaudes larmes.

Son père ne lui a jamais tant manqué. Le père de Matthieu vit en Corse depuis qu'il est parti avec cette fille de son travail et qu'il a laissé sa femme s'occuper seule de ses trois enfants. Matthieu ne lui en a jamais voulu. Il est désarmé face à lui. Il ne vient pas souvent voir ses enfants en Bretagne depuis qu'il est parti avec « sa poule », comme l'appelle Pascale, bien qu'il ait toujours versé la pension alimentaire et même un peu plus. C'est ce qu'il affirme. Pascale dit qu'on ne va pas lui donner une médaille non plus…

« Tu restes dîner à la maison au moins, Hugo va rentrer du judo dans pas longtemps. On va lui dire et je vais appeler Karen aussi pour qu'elle vienne. On est ensemble. On est soudés, tu m'entends ?

— D'accord, mais pas tard, je suis fatigué. »

Pascale monte dans sa chambre. Quand elle redescend, elle apprend à Matthieu qu'elle a eu son ex-mari au téléphone, il arrive par le premier avion, demain dans la matinée. Matthieu est rassuré.

À table, Pascale prend les choses en main : elle explique ce qu'on sait à Hugo et à Karen, l'échographie, la prise de sang à faire pour être sûrs, et elle lâche le mot : « cancer ». Hugo dit : « Comme Lance Armstrong » et Matthieu répond : « Pareil, je vais peut-être gagner le Tour de France ». Ils continuent à dîner.

Matthieu rentre chez lui. Il appelle Marc qui ne répond pas. Il envoie un texto : « Rappelle-moi, *please.* » Marc le rappelle une demi-heure après. Il dit :

« Merde, putain » et d'autres gros mots. Matthieu dit qu'il a les chocottes. Qu'il ne veut pas mourir.

Marc propose de venir à la prise de sang le lendemain, mais Matthieu refuse, il ira avec sa mère. Matthieu appellera Marc dès qu'il aura les résultats.

« Courage mon pote, dit Marc à la fin, courage, ça va aller. »

Le lendemain, Matthieu revient de la prise de sang. Son père est là, les yeux rouges d'avoir pleuré.

Le diagnostic est confirmé par le spécialiste le mercredi : cancer du testicule, stade deux, comme l'émission à la télé, ça a fait marrer son petit frère quand Matthieu l'a raconté.

Matthieu parvient à téléphoner à Inès seulement le vendredi matin, tôt. Jusque-là il n'a pas trouvé la force. Il ne sait pas s'il supportera qu'elle lui dise que c'est terminé, qu'elle ne se voit pas démarrer une relation avec un malade. Il l'imagine lui dire la phrase : *j'espère que tu me comprends* et il en frémit d'angoisse.

Inès est seule dans son appartement. Le téléphone affiche : « Ce mec. » C'est comme ça qu'elle a enregistré son numéro de téléphone. Elle avait oublié de lui demander son prénom et ça a été toute une histoire pour qu'elle réussisse à le lui faire dire sans qu'il s'en rende compte.

Elle le revoit qui revient vers elle, hésitant, après avoir pris les mesures pour le devis que devait finaliser son patron. Il cherche ses mots pour lui demander si elle accepterait qu'il lui offre un café un jour, et elle lit dans ses yeux que lui-même n'en revient pas de tant d'audace. Ça la touche. Elle accepte, lui précise qu'elle s'appelle Inès quand il note son numéro sur la carte de visite du restaurant avec son gros crayon en bois et qu'il lui donne le sien. Le café est partagé le soir même, après son travail. Après, Inès court vers son téléphone à la fin de chaque service pour voir si ce mec lui a envoyé des SMS. À chaque fois, il y en a, plus gentils les uns que les autres. Ensuite leurs conversations durent des heures.

Ça s'est arrêté d'un coup, comme ça. Ce qui lui manquait le plus, c'était le message sur son répondeur que Matthieu lui laissait le matin quand elle dormait encore, et que lui s'en allait au travail, pour lui souhaiter une bonne journée et lui dire qu'il avait hâte d'entendre sa voix.

Avant de répondre, elle s'est regardée dans le miroir et a remis ses cheveux en place. Elle voulait se faire belle pour lui, même s'il ne la voyait pas. Matthieu avait fait la même chose juste avant. Inès s'apprêtait aussi à l'envoyer balader s'il lui annonçait que c'était fini. Elle avait trop d'amour-propre. Mais elle espérait qu'il y avait une bonne raison à son silence.

Matthieu laisse un long silence avant de dire quelque chose. Elle sent dans son souffle qu'il se retient de pleurer.

Maintenant qu'elle a entendu Matthieu lui dire qu'il a un cancer, elle a peur pour lui. Elle voudrait le serrer dans ses bras pour le rassurer, pour lui dire que tout ira bien, même si elle n'en sait rien. Elle voudrait lui dire qu'elle va rester avec lui, qu'elle sera à ses côtés, qu'il ne faut plus jamais qu'il la laisse sans nouvelles, qu'elle est amoureuse de lui ! Voilà il est content ! Elle est amoureuse de lui et a souffert de son silence, il a gagné ! C'est bon maintenant ?! Tant pis pour l'amour-propre. Mais elle pense qu'elle ne doit pas en rajouter, ça doit déjà être assez dur comme ça.

Alors, elle fait semblant, elle dit : « Ah oui, je comprends… Seulement ne recommence pas. » Matthieu est soulagé qu'elle le comprenne, il promet de ne plus recommencer, oui. Inès ajoute :

« Bon, on se voit quand ? » Matthieu est content.

Quelques minutes plus tard, il embrasse Inès pour la première fois, elle caresse sa nuque au moment où le baiser s'achève. Ils sont serrés fort comme s'ils se connaissaient depuis longtemps. Matthieu n'a jamais vécu un moment aussi doux.

L'après-midi, Matthieu est dans un laboratoire de Rennes pour se masturber dans un pot afin qu'on congèle son sperme.

C'est Marc qui l'y a conduit. Il a apporté un vieux *Newlook* qu'ils avaient piqué ensemble au *Bar des sports* de Plaintel quand ils étaient ados. Avec Draghixa en couverture.

« La plus belle ! dit Matthieu en prenant le magazine.

— Colle pas les pages ! J'y tiens. »

Vient le jour de l'ablation. Depuis que Matthieu sait qu'il est malade, il n'arrive plus à toucher son testicule. Il ne lui fait pas plus mal qu'avant, même moins, avec les médicaments, mais quelque chose l'en empêche.

Le matin de l'opération, il se rase les poils avec sa tondeuse à cheveux. Son sexe ressemble à un petit poulet déplumé.

Matthieu pense : *Ciao, testicule*. Il imagine sa couille dans une poubelle et il a un vertige très fort. Inès est là, elle appelle une infirmière qui le fait s'allonger et elle lui lève les jambes. On lui donne un cachet pour qu'il se détende. Il part se faire opérer, et voilà.

Marc et Ève viennent le voir. Matthieu leur présente Inès. Elle plaît tout de suite à Ève. Marc essaie de blaguer. Matthieu rigole pour la forme mais il est triste.

« Je vais avoir de la chimio…

— Quand ? demande Ève.

— Je n'ai pas encore la date… »

Marc n'a plus rien à dire, c'est la première fois depuis qu'ils sont copains qu'il n'a plus rien à dire. Matthieu s'en rend compte.

Tout s'enchaîne : la chimiothérapie pour enlever les métastases, elles provoquaient les douleurs dorsales. Les prises de sang. Le scanner qui annonce une anomalie au cerveau, peut-être une rupture d'anévrisme à venir. « On l'a repérée grâce à votre cancer, vous avez de la chance dans votre malheur », dit un médecin. *De la chance dans mon malheur ? T'as raison, pauvre con*, pense Matthieu.

Ève a espéré en secret que la maladie de Matthieu ferait renoncer Marc à son départ pour l'Afrique. Mais il est résolu. C'est Henri qui a mis ses vieux rêves d'aventure à lui dans la tête de son petit-fils. Ève ne peut pas s'empêcher de lui en vouloir pour ça.

Que personne ne dise à Henri qu'il aurait pu regretter d'avoir eu ses fils, « ses fiertés », comme il les appelle. Même si ses obligations de mari et de père lui ont coupé les ailes, d'une certaine façon. Il ne voudrait pas que son petit-fils fasse comme lui, parce que revenir sur ses vingt ans est impossible.

Henri aurait voulu aller en Australie. C'est un pays qui l'attirait depuis l'enfance, surtout les kangourous, leur poche, et aussi le fait que ces drôles de bêtes faisaient de la boxe, à ce qu'on disait. C'est peut-être la raison pour laquelle il est monté sur le ring à l'adolescence où il a pris pendant quatre ans volée sur volée ?

Le cinquième jour de l'année 1962, Henri annonce la nouvelle à ses parents. Il va être père ! Marcel le prend comme Henri l'avait imaginé. Il lui met une grande gifle sur son nez déjà bien aplati et il crie : « Bon Dieu de vache ! » Les jeunes, ça se fait du bien dans le fond d'une grange, ça pense que c'est de l'amour, et c'est aux parents d'arranger les choses.

« Et qui va la payer, la noce ? Lui, Henri ? Et le père de la demoiselle, est-il au moins au courant ?

— Non, je n'ai pas eu le courage », avoue Henri.

Passe encore pour une paire de gifles et des insultes, risquer un coup de fusil, faut pas exagérer.

« Ça fallait y penser avant !

— Le fusil, tout de suite… !? reprend Marthe, outrée, les temps ont changé tout de même. Les pères ont changé. Il ne va pas faire de son petit-fils ou de sa petite-fille un orphelin avant même la naissance et il n'ira pas jusqu'à ouvrir sa gamine en deux, allons ! »

Henri dit qu'il espère bien mais qu'il n'est pas trop fier.

« C'est bien normal de ne pas être fier, c'est bien normal, ça oui ! »

Nelly, la petite sœur d'Henri, menue comme un chat de gouttière, arrive et dit : « Il a fait quoi encore, Henri ? » Et Marcel répond : « Toi, occupe-toi de tes fesses. » Et, tellement contrarié qu'il est, il quitte la maison et s'en va derrière – il dit là-haut – pour biner son jardin.

Marthe demande à Henri s'il veut qu'elle aille parler à la mère de la petite, entre femmes…

« Non, maman, je vais aller trouver son père, il faut bien. »

Et Marthe est satisfaite qu'il prenne ses responsabilités.

Le père est un camarade de Marcel. Il conduit des chariots élévateurs. Henri vient le trouver à la sortie du travail. Il se demande comment les mots vont pouvoir sortir. Il voit le père au loin sur le parking qui se dirige vers sa voiture. Henri le rattrape et lui dit tout à trac :

« Foutez-moi des gifles, foutez-moi des gifles, Dominique est enceinte ! »

Le père le regarde, il pense à sa fille qui vient d'avoir dix-sept ans. Lui qui n'a jamais fait de mal qu'aux garennes et aux ramiers serait bien en peine de lui foutre une baffe à ce grand dadais qui a mis sa fille enceinte. Il dit : « Bah, on va l'aimer ce petit. »

La situation est régularisée par un mariage le mois d'après. On cache l'affaire aux invités et surtout au curé. Seul le maire est mis au courant, par politesse. Il prononce son discours et va boire une bolée avec le reste de la noce puis se remplit la panse au gueuleton.

Pépère Boschat, qui est invité bien entendu, enfile son vieil accordéon. Les doigts de l'ancien, déformés par l'arthrose et les coups de marteau sur l'enclume, courent le long des touches comme des doigts de cet âge, en trébuchant. À côté de lui, Pierre, son gendre, raconte comme à chaque fois des souvenirs de courses cyclistes à Marcel, notamment la première, où il a fait deuxième sur un vélo de femme. « Imagine si j'avais eu un vélo d'homme ! » Gérard et Marie-Thérèse sont là aussi, descendus de la Sarthe avec leur fils, Jean, qui est le témoin d'Henri.

Avant d'ouvrir le bal, Henri adresse quelques mots à sa femme devant la foule. Il dit des choses qui émeuvent Dominique et font taire les plus bavards. Il parle d'amour, il parle de ses parents et il dit qu'il va faire les choses bien pour son épouse et pour le bébé. En entendant le mot bébé, Marthe se frappe la main contre le front en se demandant comment elle a pu élever un clown pareil. Le reste de l'assistance comprend mieux l'empressement à organiser la noce.

Le lendemain, Henri a la tête lourde. Il demande à Dominique s'il n'a pas dit trop d'imbécillités et Dominique lui répond que non, ça a été. Elle est heureuse d'être sa femme. L'après-midi, on apporte les affaires chez les parents d'Henri où ils habiteront le temps de trouver un logement.

Le petit finit par arriver. On lui donne un prénom moderne : Bruno. Ça ne fait pas l'unanimité. Il est suivi de près par Loïc, son frère, fruit d'un retour de couches un an, un mois, et un jour plus tard.

Un peu plus de vingt années s'en vont et Bruno déboule un matin pour annoncer la grande nouvelle : il va être papa. Henri prend son fils dans ses bras, il dit : « C'est un père qui serre un autre père », et il ajoute : « Ta mère aurait été fière ». Car Dominique s'est tuée une nuit, en mordant avec sa voiture sur le bord d'un fossé. Bruno avait treize ans.

Aujourd'hui, ça ne va pas. La séance de l'après-midi l'a abattu. Matthieu en a marre. Il est déprimé. Tout le fait chier. La seule qu'il arrive à entendre, c'est Inès. Pourtant elle dit souvent la même chose que les autres, mais, dans sa bouche, les mots ne sont pas les mêmes. Matthieu est nu devant son miroir. Il a des touffes de poils dispersées sur ses jambes qu'il a cessé de raser il y a plus de quatre mois. Les muscles fins et longs de ses mollets, ceux dont il était si fier, ont fondu. On ne voit plus ses côtes comme avant, son ventre s'est arrondi. Le pire, ce sont ses quadriceps, les fers à cheval comme il appelle ça, dont le bombé est pour lui l'indicateur de sa forme, de son affûtage, de son application à l'entraînement. Ses quadriceps sont plats, presque flasques. Matthieu se demande s'il les reverra un jour, superbes comme ils étaient. Son bronzage de cycliste a disparu.

Il a le teint cireux. Sa peau sent mauvais, une odeur âcre. Ses cheveux sont devenus blond filasse.

On fête l'anniversaire de Pierre. Ce soir, il a soixante-seize ans. Matthieu aurait préféré rester seul, mais il ne peut pas faire ça à son grand-père. Inès l'accompagne. Il va la présenter à toute sa famille. Les gens sont trop gentils avec lui, ça l'inquiète.

Il y a des cacahuètes sur la table, des Curly éventés car Pierre les préfère comme ça, de l'eau et des sodas. C'est le premier anniversaire de Pierre sans alcool sur la table, on n'en trouve plus nulle part depuis le mois de septembre, hormis de la bière, qui est hors de prix. Matthieu est assis. Il observe. Il aimerait fixer ce qu'il vit en lui. Comme un film qu'il pourrait se repasser à l'infini. Mais il n'y arrive pas.

On lui fait remarquer encore une fois qu'il est courageux. Matthieu n'en peut plus de ce cliché. Il pense que c'est faux. Qu'il n'est pas courageux. Matthieu subit, c'est lui qui le dit à Inès un soir, il se laisse porter. Il attend. C'est tout. Le courage, pense Matthieu, c'est d'aller porter un colis à son frangin pendant la guerre comme l'a fait son grand-père.

La guerre de Matthieu c'était la course cycliste : attaques pour assauts, accélérations pour mines, sprint pour exécution. Seulement c'était une guerre de pacotille. Il le savait.

Quand il a pris conscience de sa maladie, quand elle s'est réellement emparée de lui, cette nuit de juin où la peur l'a saisi comme l'ogre attrape les enfants, il a pensé un instant que sa vraie guerre, ce serait le cancer. Enfin, il allait éprouver sa force et son courage. Enfin, il allait traverser la Bretagne au moment des combats pour donner un colis à son frère. Enfin, il allait vivre en pays occupé. Les métastases en soldats de la Wehrmacht. On allait le regarder comme un homme. Et son père rentrerait, il quitterait sa poule, et peut-être que sa mère lui pardonnerait, et on serait ébahi devant les capacités de Matthieu à résister. Ce serait comme gagner Plaintel-Plaintel cent fois.

C'était le rêve de Matthieu. Son rêve de guerre. Mais, à mesure qu'être malade devenait pour les autres son identité, Matthieu s'était rendu compte qu'il n'était pas du calibre de Pierre. C'est ça qui le minait, davantage que l'altération physique dont il finirait par guérir, puisqu'on le lui avait assuré. Il n'y avait plus d'enjeu, plus de défis, et Matthieu, quelquefois, c'est vrai, avait fantasmé sur sa mort, espéré que le cancer l'emporte pour que vive son souvenir. Glorieux.

Quand il pensait ça, il s'en voulait parce que c'était une forme de lâcheté. La force de son grand-père c'était de ne pas s'être résigné, pensait Matthieu. Pourtant, quand les soldats allemands avaient embarqué dans leur automobile Pierre et son copain Eugène, Pierre n'avait rien fait pour lutter. La situation s'imposait à lui, comme la maladie à Matthieu. Il n'y pouvait rien. Mais Matthieu l'ignorait. Car Pierre avait enfoui tout ça en lui, c'était son secret. Un secret qu'il avait fini par oublier lui-même, comme ces objets qu'on cache trop bien.

Assis au bout de la table, il y a Pierre qui parle. Matthieu se dit que lui aussi ira en bout de table quand il sera plus vieux. Les mains de Pierre sont rondes. Elles sont déformées par ses années à l'usine et la répétition des mêmes gestes. Il ne peut plus déplier ses doigts. On dirait qu'il a des mains de Playmobil. Ce sont de belles mains quand même, des mains qui sont venues au monde en plein pendant la crise de 29, c'est pour cela qu'il dit qu'il y a eu deux catastrophes le même jour. C'est sa phrase, à Pierre.

C'est le journal télévisé. Le Premier ministre est filmé sur un bulldozer. Il abat un pan de mur qui entoure le domaine de la Romanée-Conti, en Bourgogne. La scène a été filmée dans l'après-midi. Elle est un symbole, tout comme sont des symboles ces images d'avions militaires qui pulvérisent des herbicides sur les vignes d'Alsace et du Val de Loire.

Un vieux vigneron du Jura est interrogé. Il rappelle que ses parents pratiquaient la polyculture, il va falloir s'y remettre, le raisin en moins. Il dit qu'il va essayer mais qu'à son âge il ne sait pas s'il en aura la force, et même, il ne sait pas si ça en vaut la peine. Derrière lui, il y a les vignes qu'il a fait arracher contre les promesses de subvention du gouvernement. Pascale écoute d'une oreille distraite, Inès secoue la tête en signe de dépit. Elle dit : « On ruine des vies, et on dirait que tout le monde s'en fiche. » Personne ne répond, ils en ont tous assez de cette histoire de vin.

Inès se sent bête, elle s'en veut d'avoir pris la parole ainsi, alors qu'elle rencontre tous ces gens pour la première fois, ça a été plus fort qu'elle. Le restaurant l'a licenciée au début du mois. Il n'est plus question pour elle de départ à l'étranger tant que Matthieu ne peut pas l'accompagner. Ève lui a proposé de venir l'aider en extra au magasin pour se faire un peu de sous, mais ça ne la passionne pas.

Matthieu observe la pièce qu'il connaît par cœur.

Derrière Pierre, il y a une photographie dans un cadre en bois clair. Elle est accrochée au-dessus du vieux buffet. C'est le père d'Éliane qui ferre un cheval avec l'aide du cycliste Louison Bobet. Ils se sont rencontrés grâce au masseur du champion qui était ami avec un gars de Saint-Brandan. Ils aimaient chasser ensemble dans la lande. Matthieu a vu cette photo des centaines de fois depuis qu'il est gamin. Ce soir, il a l'impression de la découvrir.

« Ils ont fait quoi après la photo, pépère et Louison Bobet, tu te souviens, mamie ?

— Non, je ne me souviens pas. Ils ont peut-être été au café… Je ne sais pas.

— Bobet, ça c'était un monsieur ! Pas comme les charlots de maintenant ! »

Matthieu sourit. Il aime les colères feintes de son grand-père. Pierre ne l'avouera pas mais il n'était pas pour Bobet avant de le connaître. À l'usine, c'était mal vu de supporter Bobet parce qu'il était trop beau, trop bien mis, on disait que c'était un coureur pour les patrons. Cependant, du jour où ils se sont serré la main, il n'y en avait plus que pour lui.

« Un ouvrier-boulanger, tu parles d'un gros capitaliste ! » lançait Pierre, dédaigneux, pour montrer aux autres qu'ils ne comprenaient rien.

Pierre le défendait de tout son cœur, non seulement le coureur, mais aussi l'extraordinaire chasseur qu'il était.

« Un gars bon partout. Qu'est-ce que tu veux… »

Celui que Pierre admirait le plus, c'était l'autre sur la photo : son beau-père. Parce que le père d'Éliane était le meilleur homme qu'il ait jamais croisé, le plus drôle, le plus serviable, le plus compréhensif. Aurait-il pu combler l'absence de son propre père, lui qui l'avait perdu au moment où il entrait dans l'âge adulte ? Non, c'était autre chose. Mais, à la mort de celui qu'il avait fini par appeler pépère, comme tout le monde, il avait versé au moins autant de larmes. Celles d'un homme pour un autre homme.

Il n'était pas le seul à le pleurer. Toute la commune était venue à l'église, même les communistes, qui attendaient sur le parvis et avaient suivi, chapeau à la main, la procession vers le cimetière.

Ils s'étaient retrouvés ensuite en famille dans le café qui appartenait désormais au petit frère d'Éliane. Il y avait encore l'odeur familière, un mélange de tabac froid et de vieux cuir, de graisse à outils. Ici on avait ri avec les enfants, ici on avait séparé des bagarres, pris sous les bras des hommes soûls et refait le monde jusque tard dans les nuits.

Éliane interroge :

« Tu te souviens comment papa réveillait les gars endormis au comptoir ? »

Pierre dit oui, sourit d'avance, et Éliane raconte la feuille de papier à cigarettes collée sur le revers de la main du bonhomme et pépère qui l'embrase, les cris épouvantés et les « bon Dieu ! » du malheureux, giflant sa main pour éteindre les flammes, suivi du rire des autres.

On parle de mille autres choses : du comité des fêtes qu'il animait, des histoires du bon temps d'avant, du rouleau à mouches punaisé à la poutre dans lequel on se prenait les cheveux, de l'accordéon essoufflé. Inès, dont la famille tout entière se résume à ses parents, écoute tout sourire. Elle embrasse l'intérieur de la main de Matthieu. Il y a aussi la précision des coups de marteau de pépère, les chevaux revêches qu'il maîtrisait sans jamais gueuler. On parle de cette fois où Marcel, l'arrière-grand-père de Marc, avait traversé la cour les yeux ahuris pour dire que sa femme était en train d'accoucher et pépère qui avait failli écraser quinze personnes sur la route de Saint-Brieuc en les emmenant à la clinique. Il avait mis le reste de la nuit à rentrer à pied.

La horde vient de tout le pays. Les hommes et les femmes qui la composent investissent les bus, les trains, les avions, les voitures. Ils convergent vers Paris. Ils bravent l'interdiction de la préfecture. Dans leurs sacs, ils ont des cagoules. Ils ont des masques contre les grenades lacrymogènes. Ils ont des marteaux. Ils ont des burins pour déloger les pavés. Ils ont des boulons, ils ont les billes des roulements qu'ils ont démontés et des lance-pierres. Ils ont des fusées de détresse pour tirer sur la police comme les pêcheurs l'avaient fait à Rennes en 1993. Dans les coffres, ils ont des barres à mine pour les lancer au pied des CRS. Ils ont des battes de base-ball. Ils ont des douelles prises aux fûts brisés. Ils ont des bombes agricoles qu'ils ont confectionnées dans leurs chais. Ils ont des bouteilles en verre, des chiffons imbibés, des bouchons hermétiques et de l'essence pour préparer des cocktails Molotov. Les plus aguerris ont apporté du produit vaisselle pour ajouter au mélange, ils savent qu'il favorisera la dispersion de l'essence en retardant quelque peu sa combustion, que cela ajoutera de l'épaisseur et de l'âcreté à la fumée. Ils sont des milliers. Ils sont vignerons. Ils sont cavistes. Ils sont restaurateurs. Ils sont œnologues. Ils sont dégustateurs, ouvriers agricoles ou vendangeurs. Ils rejoignent la masse des passionnés, des amoureux, des collectionneurs, des amateurs, des bons vivants, plus nombreux encore et tout aussi déterminés.

La dernière manifestation, qui a eu lieu le jeudi 10 novembre, a fait plusieurs dizaines de blessés et deux morts. Deux manifestants. Un viticulteur de l'appellation saint-joseph qui était le père de trois petites filles à jamais inconsolables. Et un homme simplement là parce qu'il s'opposait au projet d'interdiction du vin en France. Cette mesure qu'il considérait comme une loi scélérate.

Le viticulteur a été la victime d'un mouvement de panique. Il est mort étouffé, contre la porte en fer d'une école, rue Las Cases, près des Invalides.

L'autre homme est mort par balle. Un policier, acculé dans une petite rue perpendiculaire à la rue Saint-Dominique, a fait feu sur la foule pour la disperser. Ça a marché. La foule s'est dispersée. Mais l'homme qui a reçu la balle au niveau de l'artère fémorale est décédé pendant son transport à l'hôpital.

Ce sont les événements les plus graves depuis que l'état d'urgence a été décrété après la nuit du 14-Juillet dans le Beaujolais. Il y avait eu une orgie gigantesque. Des dizaines d'hectolitres de gamay ont été consommés au cours d'une fête organisée à Villié-Morgon par un groupement de vignerons et leurs soutiens. Plusieurs personnes ont été victimes de comas éthyliques. Les agressions sexuelles, les violences, les nombreux accidents de voiture, la séquestration des gendarmes du village de Fleurie et le vol de leurs armes ont mis en émoi le pays tout entier. Trois chais ont été incendiés.

Le décret mettant fin à la production et à la consommation de toute boisson dont le titre alcoolique serait supérieur à 9° paraîtra le jeudi 17 novembre.

Cette date n'a pas été choisie au hasard. C'est le troisième jeudi de novembre : le jour du beaujolais nouveau.

En cette matinée du 17 novembre, les défenseurs du vin veulent empêcher que la loi passe. C'est leur dernière chance. Ils le savent. La horde se regroupera place de la République.

« Comment ça va ? demande Marc, en même temps qu'il termine de faire la bise à Matthieu.

— Aujourd'hui ça va, répond Matthieu. Tu veux un petit café ?

— Carrément. Inès n'est pas là ?

— Non, elle est partie très tôt ce matin pour la manif à Paris. J'ai essayé de la dissuader, mais elle n'a rien voulu entendre. J'ai hésité à l'accompagner au cas où ça se passerait mal. Seulement je me sens encore trop faible. J'espère qu'il ne lui arrivera rien.

— Oui, je ne sais pas comment ça va se finir ce truc. Ève ne savait pas trop si elle allait ouvrir le magasin, elle a peur qu'il y ait des débordements chez nous aussi. Ça m'étonnerait quand même, mais on sait jamais.

— Oui, on ne sait jamais…Tu fais quoi aujourd'hui ?

— L'agence d'intérim m'a appelé hier pour aller bosser sur des parcs à huîtres. Ça me fait un peu d'argent avant de partir pour le Burkina.

— Ça va venir vite maintenant.

— Oui, je commence à appréhender. Je m'inquiète pour Ève. Je la sens pas bien en ce moment.

— Pourquoi tu ne lui proposes pas de venir avec toi ? T'es con aussi, elle attend que ça.

— Je sais bien. Mais j'ai l'impression que c'est quelque chose que je dois vivre tout seul. »

Ils boivent leur café et continuent de discuter. En partant, Marc demande à Matthieu de lui donner des nouvelles d'Inès quand il en aura.

Marc arrive chez le patron. Il y a trois autres jeunes, des garçons dont on voit qu'ils ont l'habitude du travail de force. Marc se sent ridicule avec ses bras d'étudiant en économie.

Ils s'installent sur la remorque du tracteur et s'en vont vers les parcs à huîtres. Ils traversent l'estran vaseux. La remorque les secoue fort. Il bruine. Il fait frisquet. Marc se sent comme un marin. Son sweat et son vieux jean sont déjà trempés. Marc est bien. Il a le sentiment de découvrir l'endroit où il vit. C'est un de ces moments où l'on s'arrête. On se retourne sur soi-même. On réalise.

La tâche est simple : vérifier les gros élastiques de caoutchouc noir et retourner les poches en les secouant pour que les huîtres se décollent. La marée leur laisse environ quatre heures de travail sur place. La première heure passe vite. Marc jette parfois un œil à la mer encore basse, attentif au vent dans ses oreilles. Le patron les fait s'arrêter. Il leur reproche des huîtres mal décollées et des élastiques dégrafés. Il dit que si c'est pour faire du boulot de sagouin, ce n'est pas la peine et qu'il ne paiera pas un travail pareil.

Il s'éloigne. Celui avec qui Marc fait équipe, et qui n'a pas parlé jusque-là, lance la conversation, il dit :

« Connard… »

Marc hésite puis il demande : « C'est à moi que tu parles ? » Il serait embêté si l'autre répondait oui et s'il devait se battre. L'autre a un cou de taureau et des avant-bras striés de muscles. L'autre dit que le connard ce n'est pas Marc, mais le patron.

Xavier, c'est son prénom, il l'annonce en tendant la main, zozote. Ce n'est pas prononcé, un chuintement léger, provoqué par l'absence d'une dent qu'une bagarre estivale a fait sauter. Le défaut d'élocution le rend plus inoffensif, ses muscles paraissent moins gros.

Xavier poursuit sur les patrons, ces enflures, tous les mêmes qui te filent huit balles de l'heure et pensent qu'ils peuvent te parler comme à un chien. Marc reste stoïque en entendant le mot « fien » et pour ne pas vexer son collègue, il répond que oui, ce sont tous les mêmes, il a raison.

« Le jour où ça va péter, ça va péter, crois-moi !

— Oui », répond Marc qui n'arrive pas à se retenir de le prendre pour un imbécile.

Le patron se rapproche, Marc et Xavier se taisent. Il vérifie les élastiques, repart sans dire un mot.

« T'as déjà bossé pour ce bâtard ? demande Xavier.

— Non, jamais, je suis étudiant, j'ai fait une prépa HEC et maintenant…

— Moi aussi je prépare des trucs, l'interrompt Xavier, des mobylettes surtout, pour mon cousin. C'est une bête en course de côte. En 49.9, il défonce tout.

— Et toi t'as déjà bossé pour lui ?

— Non, jamais, et c'est la dernière ! Moi c'est le placo que j'aime bien faire, mais bon faut gagner sa croûte alors j'ai dit O.K. à l'agence d'intérim. Eux aussi c'est des beaux bâtards ! Enfin, ce sera bientôt terminé ces conneries… J'ai un projet, laisse tomber.

— Moi aussi ! Je pars en Afrique dans six semaines, j'ai trouvé un stage avec l'Agence française de développement pour étudier l'impact économique et social de la culture de la spiruline, c'est une algue qui…

— Moi je peux rien dire de mon projet. C'est trop chaud, ma gueule. Mais t'inquiète, tu vas en entendre parler, fais-moi confiance… T'as pas remarqué où va le monde ? Le monde, il va à la guerre, mec !

— Tu veux dire, par rapport à la manif ?

— La manif ?! Je m'en bats les steaks des bouseux et des alcoolos arsouillés à la Villageoise à neuf du mat'. Je vais pas aller me geler les couilles sur le pavé avec leurs manifestations en mode banderoles qui servent à rien. Je suis pour que le monde pète, mais pas comme ça ! Pas tant que moi je ne l'aurai pas décidé. C'est ça mon projet… »

Marc comprend qu'il parle à un fou. Il se dit que le mieux est de ne pas le contredire. Qui sait comment peut réagir un fou ?

« Tu vas te lancer dans la politique ? demande Marc faussement naïf.

— J'y ai pensé. Seulement la politique c'est mort, c'est magouille et compagnie… Je peux pas t'en dire plus pour le moment, c'est trop chaud. »

Marc et Xavier retournent quelques poches. La conversation est terminée. Marc est soulagé.

La mer monte. Marc commence à avoir froid aux pieds. Trente minutes passent. On n'entend rien si ce n'est les sons de la mer : le clapot des fines vagues qui leur lèchent les bottes, les oiseaux qui n'en finissent pas de s'appeler, et les petites huîtres qui, lorsqu'on les retourne, font un bruit de hochet.

À la fin d'un rang, alors qu'ils se penchent l'un vers l'autre pour saisir la dernière poche, Xavier chuchote à l'oreille de Marc, glaçant :

« Si tu veux tout savoir, je prends des cours de pilotage, t'as déjà entendu parler du 11-Septembre… ? »

Marc rentrait du lycée quand il y a eu l'attentat. Un copain lui a dit que les Américains avaient été attaqués, sans doute par Saddam Hussein, que c'était parti pour la Troisième Guerre mondiale. Marc l'avait cru. Il se voyait intégrer l'armée le lendemain.

Marc ne voulait pas partir à la guerre. Il n'avait aucune envie de tuer quelqu'un et pas plus envie de se faire tuer.

Comment pouvait-on donner l'assaut baïonnette au canon ? Comment pouvait-on attendre l'ennemi caché dans une pièce ? Comment pouvait-on se terrer pour s'abriter des obus ? C'est une chose qui le dépassait intellectuellement, que Marc ne pouvait même pas concevoir. C'était comme essayer d'expliquer une division à un chat.

Il ne pouvait pas non plus imaginer son grand-père dans les bras de Marthe et Marcel, le feu, les bombes, les balles qui crépitent, ça n'avait aucun sens. C'est pour cela que, nazis ou pas, mensonges ou pas, cette histoire n'était pas la sienne.

S'il aimait son grand-père, qui était l'homme dont il était le plus proche, ce n'était pas pour ça. C'était d'abord pour cette canne à pêche qu'il lui avait offerte et le bouchon rouge qui s'enfonçait dans l'eau, emporté par un gardon ou une petite perche. Quand il l'emmenait camper chez son copain d'enfance dans la Sarthe, à Ardenay-sur-Mérize. C'était pour ces fois où Henri avait pris sa défense devant des enfants plus grands que lui, où Henri l'avait rassuré après que Bruno l'avait grondé, c'était pour la façon dont il évoquait le souvenir de son épouse, cette grand-mère que Marc n'avait pas connue mais qu'Henri avait tant aimée. Cette grand-mère que la vie avait fait jeune femme pour l'éternité.

Et puis, un jour, l'attachement et la tendresse que portait Marc à son pépé s'étaient transformés en un amour plein et conscient. Henri était entré dans le McDonald's où travaillait Marc pour l'été. Marc l'avait vu tout de suite passant le tourniquet et qui frônçait les yeux pour trouver la caisse derrière laquelle son petit-fils travaillait. Une fois repéré, il s'était précipité dans la file d'attente, et avait sorti sa carte bancaire qu'il conservait dans un portefeuille élimé. Il ne savait pas quoi commander. C'était la première fois qu'il venait. Marc l'avait fait pour lui. Henri avait demandé une bière avec son menu. Marc avait répondu que non, on n'avait pas de bière ici, qu'il pouvait prendre un Coca. « C'est bien un truc d'Américains », avait dit Henri. Marc avait mis le plus de frites qu'il avait pu dans le cornet en carton. Henri avait mangé son sandwich, seul à sa table, dans un monde qu'il découvrait, tout perdu, tout fragile. C'est cette fragilité qui touchait Marc, qui lui donnait envie de protéger son pépé, qui le faisait se lever après une cuite pour pêcher, qui lui ferait prendre la route de l'Afrique bientôt. Les Lebensborn, Henri lui avait demandé de s'en foutre, ça allait parfaitement à Marc.

Ce qui le passionnait, c'était lorsque Henri lui parlait de l'usine. Son père à lui, Marcel, qui lui avait trouvé la place après la naissance de Bruno, les contremaîtres, les trois-huit, la chaleur des fours, le paternalisme, les grandes grèves. Il avait une tendresse infinie pour tout ça. Pour tous ces ouvriers, ces prolos, c'était sa famille. Grâce à sa réussite scolaire et universitaire, il était en train de la quitter. Mais ça ne l'empêchait pas de l'aimer. C'était à lui.

« Je vais faire comme le 11-Septembre, je vais aller m'écraser sur l'Élysée !

— T'es dingue. Tu vas te tuer…

— On fait pas d'omelette sans casser des œufs, ma gueule.

— Tu comptes t'y prendre comment ? Parce que détourner un avion et le piloter ça doit pas être simple…

— Mais t'es un ouf, toi ! Je vais pas détourner un avion ! C'est beaucoup trop cher les cours de pilotage d'avion. Nan, je vais le faire en ULM ! C'est des cours d'ULM que je prends. Un bon ULM, des bidons d'essence sur ouam et bam ! Sur l'Élysée ! »

Encore une petite heure et il est temps de rentrer. Marc récupère son téléphone qu'il avait laissé dans sa voiture. Il y a un message de sa mère. Elle est affolée, elle lui dit de rentrer dès que possible et d'essayer de contourner la ville. La manifestation dégénère à Paris ! C'est en train de contaminer le reste du pays. Il y a le feu à la préfecture de Saint-Brieuc, et la RN 12 est coupée en plusieurs endroits par des barricades tenues par des opposants.

Marc partage la nouvelle, Xavier lui fait un signe de tête comme pour lui dire : « T'as vu, c'est parti. »

Marc démarre sa ZX. Il allume la radio. C'est la panique à Paris. Il y a des morts. Des manifestants et des policiers. Le ministre de l'Intérieur a appelé au calme. Le Premier ministre menace de faire appel à l'armée positionnée en petite couronne. Un couvre-feu est mis en place dès dix-sept heures dans les grandes villes, à dix-huit heures dans les campagnes. Seuls les véhicules d'urgence seront autorisés à circuler. Marc appelle Ève au magasin mais elle ne répond pas. Peut-être est-elle avec un client ?

Marc laisse un message en lui demandant de le rappeler. Dix minutes après, elle ne l'a toujours pas fait. Ça n'arrive jamais.

Il roule vers Quintin pour retrouver Ève. Il décide de passer par Saint-Brieuc malgré la demande de sa mère. Le trajet est plus rapide. Au loin, des volutes de fumée grises.

L'usine du Joint français, qui longe la quatre-voies, est mangée par des flammes. La chaleur est si forte qu'elle pénètre à l'intérieur de la voiture. Sur le parking, il y a des gens avec des bâtons et des barres de fer, ils regardent l'usine qui flambe. Pour se protéger de la chaleur, ils abritent leur visage dans le creux de leur bras.

Marc accélère. Il appelle sa mère qui ne répond pas. Il prend la direction de Ploufragan pour aller au centre Leclerc où elle travaille et s'assurer que tout va bien. Le parking est vide. La grille est tirée. Il rappelle sa mère. Elle est chez elle, ça va, il faut qu'il rentre.

Marc reprend la route. Il roule vite. Il est ralenti à la hauteur de la Gare-de-Plaintel. Un barrage est dressé sur la route. Une dizaine de voitures le précèdent. Elles avancent lentement. Cinq ou six hommes, en tenue de chasse, fusil à la main, tiennent l'endroit. Ils mettent en joue les conducteurs. C'est la première fois que Marc est menacé par une arme à feu. Il lève les mains comme il a vu faire dans les films. Il dirige la voiture à l'aide de son genou. Ses jambes tremblent. Il reconnaît, avec une bouteille de rouge étoilé à la main, fusil cassé et en équilibre sur l'avant-bras, le père de Quentin Le Chêne, avec qui il était à l'école primaire. Le père Le Chêne lui fait un signe de la tête et cligne de l'œil. Ça rassure Marc.

Au rond-point de Malakoff, Marc est de nouveau arrêté. Tous les conducteurs sont forcés de quitter leur véhicule. Marc comme les autres. Il en descend, garde les clés à la main. Devant lui, un homme refuse de boire le verre de vin qu'on lui tend dans un gobelet en plastique. Il est battu, assommé alors qu'il est à terre. Quand vient le tour de Marc, il boit le vin, retient une grimace, dit merci, repart.

Il arrive dans Quintin. La ville semble déserte. Les pavés résonnent sous ses roues. Le magasin de fleurs est fermé. Ève n'est pas là. Il essaye d'appeler. Elle ne répond pas. Il téléphone à Matthieu qui ne l'a pas vue non plus et qui n'a pas de nouvelles d'Inès.

Marc roule vers la maison d'Ève, deux cents mètres derrière la gendarmerie de Quintin. À l'odeur, avant même de la voir, il comprend que la gendarmerie a été attaquée. Elle est en train de brûler ! Les pompiers sont sur place, protégés par les gendarmes équipés de casques, de boucliers et d'armes à la main. Marc est mis en joue encore une fois. Il lève les mains au ciel, contre le plafond de la voiture. Le gendarme lui fait signe de rebrousser chemin. Marc hésite, voudrait lui parler pour comprendre, lui dire son inquiétude pour Ève. Finalement, sur un geste du militaire, il fait demi-tour à toute vitesse.

Marc contourne la gendarmerie, se gare. Il tente d'accéder à la maison d'Ève à travers champs. Il arrive enfin devant la maison, essaie d'ouvrir. C'est fermé. Il sonne. On ne répond pas. Il continue de sonner, appuie sur le bouton de toutes ses forces comme quand il était gamin et qu'il faisait enrager ses parents.

Marc panique, cogne la porte avec ses poings, ses pieds, il dit : « Putain, Ève ! Putain ! »

Un coup de feu.

Marc protège sa tête. D'où ça vient ? Un coup de feu encore, puis un autre. Marc court se mettre à l'abri dans le champ. Il est caché par des épis de maïs immatures épargnés par l'ensilage. Les coups de feu se poursuivent, plus nombreux, plus forts. Paniqué, Marc appelle sa mère :

« Maman, maman, ça tire de partout !

— Où es-tu ?

— Je suis caché dans le champ à côté de chez Ève !

— Qu'est-ce qui se passe ?

— Je n'en sais rien. Je… je crois que c'est la guerre !

— On va venir te chercher avec papa, il vient de rentrer. On arrive !

— Ils vont envoyer l'armée, ils viennent de le dire à la radio.

— Calme-toi, mon chéri ! Calme-toi. On arrive.

— Non, non, non, ne venez pas ! Non ! Non ! Ça va aller, personne ne peut me voir. C'est des bruits de mitraillettes ! Ça va aller. Ça va aller. Je raccroche, je raccroche ! Je te rappelle. »

Marc est allongé sur le côté, recroquevillé. Il a encerclé ses jambes de ses bras. Son monde, désormais, ce sont ces quelques épis de maïs autour de lui dont les cimes, légères, dansent avec le vent, et qui le protègent de la folie des hommes, comme l'amour de Marthe et celui de Marcel ont protégé Henri, son pépé.

Soixante ans après, on recommence à se battre, à se tirer dessus, à s'entre-tuer, avec tout ce que cela implique de larmes et de cris.

Marc en fait l'expérience originelle, sensible. Il a déjà ressenti le froid, l'humidité. Il inaugure le bruit des armes, il sent l'odeur de ce qu'on brûle pour atteindre un but, il observe la terre sur ses doigts cramponnés au sol. Sa peau tire, asséchée par la crainte. Il est terrorisé.

La nuit est tombée. Le couvre-feu est mis en place. Le chant des sirènes trouble encore parfois la quiétude à peine retrouvée de la campagne. Dès qu'elles s'arrêtent, les bruits de la nuit font leur apparition, des musaraignes, des chouettes et des hiboux. D'autres sons aussi, dont on ne devine pas la cause.

Marc rampe. Il s'extrait de son abri et marche accroupi jusqu'à la maison d'Ève. Il atteint la porte du sous-sol, l'enfonce, pénètre à l'intérieur. L'électricité est coupée. Il remonte l'escalier en béton à la lumière faible de son téléphone. Il voudrait prévenir sa mère qu'il est en sécurité mais le réseau ne fonctionne plus. Marc déambule dans la maison.

Ses yeux se sont habitués à la nuit. Un hélicoptère vole à faible altitude. Marc se cache derrière un rideau qu'il écarte d'un doigt pour ne pas être vu et devine la route qui mène à la maison. Le ciel, au fond, s'est teinté de couleurs orange et rouge. De nouveaux incendies.

Il attend le retour d'Ève. Il se la représente qui court pour se mettre à l'abri, et il la prendra dans ses bras, et il la serrera de tout son corps, et il embrassera sa peau, ses lèvres, puis il dira qu'il ne part plus, qu'il est stupide, que la vie est là, avec elle, qu'il n'a rien d'autre à attendre de ses vingt ans. Elle lui expliquera où elle était cachée, la peur qu'elle aussi a eu, elle lui dira *mon bel amour.*

Le rouge et l'orange ont disparu. Comme le pirate mutin naufragé par l'équipage sur une île déserte, Marc est seul au monde. C'est la peur qui l'a naufragé.

Bientôt, le téléphone de Marc indiquera six heures du matin. Ni l'électricité ni le réseau téléphonique n'ont été rétablis. Ève n'est pas rentrée.

Aux premières lueurs, alors que tout semble calme, Marc ne tient plus, il quitte la maison, traverse le champ, démarre sa voiture. Le long des routes, aux abords des ronds-points, sur les ponts, de la fumée s'échappe de palettes et de voitures calcinées, de pneus. Chez la mère d'Ève, il n'y a personne. Il laisse un mot sur la porte pour dire son inquiétude et demander des nouvelles.

Les parents de Marc l'embrassent quand il rentre chez lui, la mine ravagée. Sa mère pleure de l'angoisse qui s'arrête. Ses sœurs sont choquées. Marion dit que ça va trop loin, que les gens sont fous. Apolline se demande si ceux qui brûlent tout, qui tirent avec des armes, qui auraient pu tuer son grand frère, ne sont pas comme des vampires, des fantômes ou les loups des histoires.

Marc veut savoir si on a des nouvelles d'Ève. On n'en a pas. On n'a pas de nouvelles d'Henri non plus. Marc se change, dit qu'il va chez Matthieu pour s'assurer que ça va. Sa mère lui demande d'être prudent.

Matthieu veut savoir qui est là. C'est la première fois qu'il ferme la porte à clé alors qu'il est à l'intérieur. Les choses changent.

« Ouf c'est toi, quel bordel !

— T'as des nouvelles d'Inès ?

— Aucune.

— Et toi, d'Ève ?

— Non plus.

— Ils ont brûlé toutes les banques du bourg. Et ils ont battu le patron du *Bar des sports*. Ils ont tout cassé à l'intérieur. J'ai vu de ma fenêtre les gendarmes débarquer. Ils ont aidé à passer à tabac le patron.

— Si c'est ça, c'est la guerre civile… »

Marc et Matthieu n'en reviennent pas de vivre dans un pays en guerre.

« Je pars à Paris chercher Inès, annonce Matthieu.

— Tu ne vas pas aller à Paris maintenant ? C'est trop dangereux. On ne sait rien de ce qui se passe là-bas.

— Justement ! J'aurais dû aller avec elle hier. Je m'en veux trop. Je pars dès que tu t'en vas.

— C'est n'importe quoi. Si ça se trouve, elle est en chemin pour rentrer. Vous allez vous croiser. Et puis, à voir ta tronche, ça m'étonnerait que tu sois capable de conduire jusque-là. Ou sinon attends que je retrouve Ève et je t'accompagne.

— Merci mais j'attendrai pas. Je ne veux pas la laisser seule. C'est tout. »

Marc quitte l'appartement en demandant à Matthieu de faire attention et de ne pas faire le con.

Il reprend la voiture pour aller chez Ève. Il va l'attendre chez elle. Sur la route, il ne croise que deux autres véhicules. Les gens restent cachés.

Il se gare dans l'allée, devant la maison. Il sort de la voiture, les gravillons crissent sous ses pieds. Il lève la tête, s'arrête. Les barricades sont oubliées. Les incendies. Pépé. L'Afrique. Le vin. Tout le reste.

Marc la voit. Le rideau derrière lequel il se cachait la veille, qu'il écartait, d'un doigt, fébrile, est ici grand ouvert.

Elle le regarde, elle a les yeux pleins de larmes, la peine combinée à la joie de le retrouver, un sourire qui s'arrache au chagrin d'Ève dont Marc connaîtra bientôt la cause. Et l'étreinte.

Et les mots, les premiers, mon pauvre amour, t'es belle, j'ai eu peur, moi aussi j'ai eu peur et puis Ève, qui dit : « Mamie est morte. »

Perrine est morte hier matin, et Ève pleure, serrée contre Marc.

Marc chuchote que c'est la vie, que c'est normal d'avoir du chagrin, sa mamie a déjà tenu tellement longtemps, elle était trop fatiguée. « Dis-toi qu'elle dort. »

Ève s'effondre. Elle dit : « Elle est partie, elle est toute seule maintenant… »

Le chagrin, contagieux, arrache à Marc ses premières larmes qui dévalent et s'élancent, trop heureuses de cette liberté nouvelle, dans l'air, plongent du bas de son menton et vont atteindre la clavicule d'Ève. Les amoureux restent longtemps ainsi. Serrés l'un contre l'autre. On dirait cette sculpture, mais si vous savez, *Le Baiser*, de Brancusi.

Le bip du répondeur, la lumière qu'on avait essayé d'allumer machinalement, l'écran du four qui clignote : l'électricité est revenue. Puis, c'est au tour du réseau téléphonique. Le monde tel qu'ils le connaissent reprend sa place.

Devant le café, Marc bouffe Ève des yeux, il aimerait lui faire l'amour. Ève demande pour hier et Marc explique, les barrages, le champ de maïs, les fusillades qu'Ève a entendues aussi. Elle est restée toute la nuit bloquée par le couvre-feu dans la chambre mortuaire en compagnie de sa mère. Elles ont veillé Perrine dans la pénombre, éclairées par quelques cierges qui ont fini par s'éteindre. Elle pensait Marc chez lui, à l'abri. Elle parle de sa nuit, la mort qui enveloppe tout, qui empêche de rire.

Marc propose à Ève de faire une dernière visite à Perrine.

Il va passer chez lui se changer, pour être présentable. Ève l'accompagne, elle ne veut plus le quitter.

La mère de Marc et ses sœurs sont heureuses de la voir. On n'a toujours pas de nouvelles d'Henri. Bruno est parti chez lui il y a une heure.

Marc enfile un pantalon propre, une chemise. La télévision n'émet plus, mais à la radio on annonce que l'armée a pris le contrôle de Paris et qu'elle se déploie sur tout le territoire. Il y a eu des dizaines de morts. L'Assemblée, le Conseil d'État, le ministère de l'Économie et celui de l'Agriculture sont détruits. Un couvre-feu plus strict est mis en place : quinze heures en ville, seize heures dans les campagnes. Les forces de sécurité sont autorisées à employer tous les moyens nécessaires pour maintenir l'ordre public. Les pillards seront abattus.

Matthieu vient de dépasser Laval. Il est seul sur l'autoroute. Il ignore s'il pourra retrouver Inès facilement. Elle est sur messagerie. Il veut arriver à Paris avant le couvre-feu pour pouvoir se renseigner auprès des hôpitaux. Aucun ne répond à ses appels, les lignes sont saturées. Il pense que si elle n'est pas dans un hôpital alors il n'a pas besoin de s'inquiéter, ils finiront par se retrouver.

Au niveau du Mans, il est pris de nausées. Il s'arrête sur la bande d'arrêt d'urgence, ouvre la porte et vomit violemment. Ça lui retourne le corps. Il y a du sang dans sa vomissure. Il reste quelques minutes prostré sur le volant avant de trouver la force de repartir.

Il reprend la route, s'arrête à la première station-service qu'il croise pour se rincer la bouche, mais celle-ci, comme les autres avant elle, est fermée. Les pompes automatiques sont mises en panne. Il va lui falloir trouver de l'essence s'il veut atteindre Paris.

Il quitte l'autoroute, s'arrête dans un village. Il cogne à une porte, on menace de tirer, il s'éloigne, crie qu'il est désolé, qu'il part. Il recommence à une autre, personne ne donne signe de vie. Enfin, à la maison suivante, une dame ouvre. Il explique son problème, Inès qu'il doit aller chercher à Paris, le manque d'essence.

La dame dit qu'elle comprend, elle accepte de lui vendre de l'essence, « il faut bien s'entraider ». Elle lui prépare un café, il lui reste des dosettes.

Matthieu siphonne ce qu'il lui faut de carburant, boit son café, la dédommage. La dame l'invite à s'arrêter au retour avec Inès. Il promet, par politesse.

Matthieu croise maintenant de plus en plus de voitures qui quittent Paris. Le péage de Saint-Arnoult est protégé par des chars. C'est la première fois qu'il en voit en vrai. Des plots et des blocs de béton forment un goulot dans lequel Matthieu s'engouffre. Des militaires l'arrêtent, lui demandent sa destination. Il explique ses motivations, dit qu'il n'a rien à voir avec le vin ou quoi que ce soit, mais qu'il est mort d'inquiétude pour Inès. Pour amadouer les soldats, il lui invente du diabète et présente ses propres médicaments qu'il fait passer pour ceux d'Inès. On fouille sa voiture, on vérifie ses papiers, la maladie lui donne un visage différent de celui sur la photo. On le laisse passer.

Matthieu arrive porte de Saint-Cloud un peu avant treize heures. Il est arrêté de nouveau à un barrage tenu par l'armée. Au même moment, il reçoit un SMS de Marc qui le rassure. Ève va bien. Matthieu demande où est l'hôpital le plus proche. Le soldat ne sait pas trop, il lui indique l'hôpital Pompidou. Matthieu l'atteint facilement en se fiant aux panneaux. Il gare sa voiture et note sur un papier le nom de la rue. La ville est calme, le froid est glacial depuis la veille. Matthieu est fouillé à l'entrée par des policiers.

Dans l'hôpital, Matthieu se retrouve en compagnie de personnes qui, comme lui, cherchent un proche : un mari, une épouse, un enfant, une amie. Des listes de blessés ont été dressées, avec le lieu de leur hospitalisation. Elles sont actualisées en fonction des remontées des autres hôpitaux. Les personnes décédées ou celles qui ont été arrêtées n'y figurent pas. C'est précisé.

Les listes s'étendent sur des dizaines de feuilles. Matthieu pense que ce sont plusieurs fois les mêmes pour qu'elles soient si nombreuses. Non, chaque liste est unique.

Une annonce est faite. En raison de la mise en place du couvre-feu, plus personne n'est autorisé à quitter l'hôpital. Il est demandé de ne pas gêner le travail du personnel.

Le ventre de Matthieu se tend, son cœur s'accélère. Inès est sur la liste ! Elle est à l'hôpital des Quinze-Vingts. Matthieu reste fixé sur la ligne où figure le nom d'Inès. Il demande à quelqu'un si l'hôpital en question est proche.

« Non, ce n'est pas tout près, c'est du côté de Bastille, et vous ne pourrez pas y aller de toute façon. »

Matthieu va demander au secrétariat le numéro de téléphone des Quinze-Vingts. On le lui donne. Mais ça ne répond pas. Matthieu s'assoit sur une chaise qu'un jeune homme lui cède. Il observe le va-et-vient autour de lui. Ce qu'il n'arrive pas à comprendre, c'est la vitesse à laquelle tout s'est joué. La manifestation, les violences, le déploiement de l'armée, les listes dressées. Il ne comprend pas ce qu'il fait là, assis, loin de chez lui, à la recherche d'Inès qu'il aime si fort aujourd'hui alors qu'il ignorait jusqu'à son existence quelques mois auparavant.

Ève est assise près de Perrine. Elle s'était promis de donner un baiser sur le front de sa grand-mère et ainsi d'embrasser la croix gammée invisible. Comme l'avait fait Joseph. Mais elle n'ose pas. Ève a peur de la rigidité du corps. Ève a peur de sentir le froid sur ses lèvres. Marc embrasse Ève dans le cou. Elle le regarde, et lui sourit avec tristesse.

La mère d'Ève entre dans la chambre.

« On l'inhumera lundi si les choses rentrent dans l'ordre. J'ai vu avec le curé.

— C'est bien », répond Ève.

Ève acquiesce sur tout, le choix du cercueil, les textes. La chose qui fait du bien à Ève c'est de savoir que Perrine a sa place réservée dans le caveau, près de son mari et de son fils. Ils vont se retrouver.

Il est bientôt quinze heures, il faut partir. Ève propose à Marc de venir chez elle, elle voudrait passer la nuit dans ses bras.

« Oui, mon petit chat. On va passer chez ma mère vite fait. »

Pendant la route, Marc et Ève ne parlent pas. Ève a posé sa tête contre l'épaule droite de Marc. Ça le gêne pour conduire, mais il ne se plaint pas. Il y a davantage de voitures que le matin.

Bruno apprend à Marc qu'Henri n'est pas chez lui, sa voiture non plus. Il a l'impression qu'il a comme préparé sa sortie.

« On n'a pas idée où il est ? s'inquiète Marc.

— Non, je n'en sais rien, répond son père, j'ai pensé qu'il pourrait être à la manifestation…

— À Paris ?!

— Oui, à Paris. Il en est capable. Mon frère pense pareil…

— Mais je lui ai demandé l'autre jour, il m'a dit qu'il n'irait pas !

— Tu sais bien qu'il est menteur comme pas deux ! Tu n'as pas compris ça depuis le temps ? Il ment pour tout, tout le temps, pour ne pas nous inquiéter soi-disant, surtout pour être tranquille, oui !

— Qu'est-ce qu'on va faire, s'il est à Paris ?

— Qu'est-ce qu'on va faire, qu'est-ce qu'on va faire ?! Rien du tout ! Tu veux faire quoi ? Aller le chercher ?

— Bah oui ! Matthieu est bien parti chercher sa copine. On peut essayer.

— On ne sait même pas s'il est là-bas. Tu vas faire comment ? Te balader dans les rues en hurlant son nom ?!

— Peut-être, oui ! Mais c'est sûr qu'ici on sert à rien !

— Bon, tu te calmes maintenant Marco ! »

Et Marc baisse la tête. Son père a haussé la voix, il a froncé les sourcils. Marc a six ans. Il ne répondra pas. L'échange est terminé.

« Je vais passer la nuit chez Ève. On se tient au courant… »

Ils quittent la maison. Marc est en colère. Il a perdu la face devant Ève. Il en veut à son père de lui avoir fait ça, de l'avoir ramené à son rang de fils.

« Il est bientôt quatre heures, il faut se grouiller, lance Ève.

— Oui, oui, je sais bien. Allez en route… »

Le visage de Marc est fermé. Il demande à Ève d'enlever sa tête qu'elle a posée contre son épaule car ça l'empêche de bien passer les vitesses.

« Ça ne va pas ?

— Non, ça ne va pas. J'en peux plus de mon père et de cette façon qu'il a de toujours me prendre pour un gamin. Il sait que je n'ose pas lui répondre et il en joue.

— C'est pas méchant.

— Je sais que ce n'est pas méchant. Mais ça me vexe, surtout quand il le fait devant toi. Ça me rend ouf.

— S'il te prend pour un gamin c'est aussi un moyen pour lui de rester ton père. C'est mignon, je trouve. C'est être gentil sans le dire. »

Paris est dans le noir. À l'hôpital, des générateurs électriques ont pris le relais. La lumière est au minimum. Les couloirs ne sont éclairés que par les veilleuses qui indiquent les sorties de secours, la cafétéria et les espaces communs par quelques néons. On vient distribuer des bouteilles d'eau pour les enfants et les personnes âgées. Ils sont peu nombreux. Les distributeurs automatiques sont vides. Un pompier s'approche de Matthieu, il lui propose un sandwich en triangle. Matthieu refuse.

Les gens chuchotent, attendent que la nuit passe. Certains se sont aménagé un espace pour dormir. Tout le monde est calme. Ils vivent quelque chose de spécial. Seuls le bruit d'un hélicoptère et son halo viennent troubler l'organisation qui se met en place.

La terreur de perdre Inès ronge bien plus fort Matthieu que le cancer à cet instant. Il faut qu'il la voie, qu'il la rassure. C'est physique. Il n'a pas pu joindre l'hôpital et le réseau téléphonique a été coupé à quinze heures en même temps que le couvre-feu était instauré. Il s'approche d'une femme en blouse qui boit dans sa bouteille d'eau.

« Excusez-moi… j'aurais voulu savoir s'il y avait un moyen d'aller aux Quinze-Vingts ? Ma fiancée y est hospitalisée, elle est diabétique, elle a besoin de son traitement.

— Ils auront tout ce qu'il faut là-bas, ne vous en faites pas.

— Ah tant mieux, répond Matthieu, désappointé par le manque d'efficacité de son mensonge. Enfin, tout de même, il n'y aurait pas un moyen d'aller là-bas ?

— Écoutez, monsieur, vous irez demain. Il faut être patient. »

Il fait le compte de sa monnaie, il lui reste une cinquantaine d'euros. Un ambulancier traverse le hall, Matthieu se dit que c'est le moment. Il explique la situation à l'homme, lui demande s'il serait disposé à l'emmener aux Quinze-Vingts, il peut se cacher ou se faire passer pour son collègue ou un malade. Il lui donnera son argent.

L'ambulancier l'écoute attentivement, sans l'interrompre. Il aimerait pouvoir l'aider. Mais c'est trop dangereux. Si on les arrête, il ne sait pas ce qui pourrait se passer. Mieux vaut attendre demain. La situation se calme, l'armée a pris possession de tous les ponts. Il ne veut pas courir le risque, il a une femme et un petit garçon. Matthieu répond : « Vas-y, laisse tomber », il n'en a rien à faire de ses excuses, de son gamin et de sa femme. C'est difficile de savoir ce qui, des cris ou de l'explosion toute proche, a précédé l'autre. La logique voudrait que ce soit l'explosion mais Matthieu est persuadé qu'il s'agissait des cris. Les gens se sont jetés à terre, ils se sont protégé la tête. D'autres explosions ont suivi, et d'autres cris. Les gens se sont tapis sous les sièges en plastique. Des vitres ont été aspirées vers l'extérieur et on entend mieux les sons du dehors maintenant. C'est comme si on avait déchiré le plastique qui protège l'enfant-bulle. Après l'explosion, des rafales suivent. Et d'autres cris encore.

À Quintin, Ève et Marc sont au lit. Ève parle de Perrine, elle rit, elle évoque mille anecdotes. Marc l'écoute, distrait. Il pense à Henri. Tout à coup, il explose :

« Ça me soûle ! »

Et il bondit du lit, cherche ses affaires, s'habille maladroitement.

« Tu fais quoi là ?

— Je vais le chercher !

— À Paris ?!

— J'en sais rien, je vais le chercher, c'est tout !

— On ne sait même pas où il est !

— Je vais aller chez lui pour commencer, je verrai bien.

— Ton père y est déjà allé et de toute façon, tu ne peux pas sortir. C'est le couvre-feu.

— Mais je m'en fiche du couvre-feu…

— Si c'est ça, je viens avec toi. »

En cas de barrage de la gendarmerie, ils conviennent qu'Ève mimera une crise de panique et Marc expliquera qu'il la conduit à l'hôpital, qu'il n'a pas pu appeler les pompiers à cause de l'absence d'électricité et de réseau.

Ils arrivent devant la maison d'Henri. Elle semble vide. Marc demande à Ève d'attendre dans la voiture, il en a pour deux minutes.

Il récupère la clé cachée sous la pierre habituelle. Ouvre la porte. À l'aide d'un briquet emprunté à Ève, il essaie de s'éclairer et se crame l'extrémité du pouce. Il allume les brûleurs à gaz de la cuisinière pour avoir un peu de lumière. De ce qu'il devine dans la maison, tout semble normal. Marc monte jusqu'à la chambre, mais il ne voit rien. Il tâtonne, ouvre des placards, manipule les vêtements d'Henri. Le lit est fait. Il redescend en prenant soin de ne pas tomber, il éteint les brûleurs à gaz et réfléchit. Il voudrait trouver la preuve que son grand-père est à Paris ou une information qui lui indiquerait le contraire. Il ne trouve pas. Il regagne la voiture.

« Alors ?

— Alors rien. Il peut être n'importe où. Mon père a raison.

— J'ai froid. On peut rentrer s'il te plaît ?

— On ne va pas rentrer, non. On va passer la nuit ici. On trouvera peut-être une idée et on ne risque pas de se faire gauler par les flics ou des émeutiers… »

Ève quitte la voiture. Elle avance à petits pas, guidée par Marc, jusqu'à la porte. Ils entrent. Marc rallume les brûleurs à gaz.

Il fait le tour de la maison à la recherche d'une lampe de poche, il en trouve une. Le faisceau balaie la maison d'Henri. Ève est sur le canapé, elle a les yeux fermés, elle attend.

Tout à coup, Marc se dirige vers le souvenir qu'il a rapporté à son grand-père de la station de sports d'hiver, dans les Alpes, la fois où il est parti en classe de neige. Henri l'a fixé près de la porte, au-dessus du meuble du téléphone. C'est pratique car il peut y accrocher immédiatement ses clés lorsqu'il rentre. Marc s'en approche. Observe. Il dit à Ève : « Je sais où est pépé. »

Marc et Ève prennent les petites routes, celles qu'Henri appelle les *gwenojenn* et qu'il emprunte pour rentrer des bistrots en évitant les gendarmes. Elles sont protégées par de hauts talus mal débroussaillés. Il faut serrer sur le bas-côté si on y croise une autre voiture. Ils roulent une trentaine de minutes sans rencontrer personne, ni forces de l'ordre ni opposants. À chaque croisement, Ève pose sa main sur la cuisse de Marc, qui repense maintenant au père de Quentin Le Chêne avec son fusil.

Ève et Marc sentent la mer toute proche.

Ils arrivent. Marc descend de la voiture, demande à Ève d'attendre. Il revient quelques secondes plus tard, ouvre la porte et dit :

« L'annexe n'est plus là. Passe-moi la lampe, s'il te plaît. Viens. Fais attention de ne pas glisser, il y a des algues sur le béton. »

Ève descend, accompagne Marc jusqu'à la cale. Marc lui montre la lumière du doigt. Il est là, le vieux.

Quelle vedette, pense Marc. Et il crie :

« Pépé ! Pépé ! »

Pas de réponse. Il lance des cailloux mais c'est trop loin. Il hurle de nouveau, de toutes ses forces :

« Pépé ! Pépé ! »

Ça bouge sur le bateau, une silhouette sort du carré, Marc braque sa lampe.

Henri est ébloui par le faisceau. Il lève les bras au ciel, une bouteille de champagne à la main et lance, superbe :

« Hey, salut les amoureux !

— Salut, pépé !

— Attendez, j'arrive, si je me casse pas la gueule… »

Henri pose la bouteille, monte dans l'annexe, la décroche et se rapproche de la cale à la godille. Il tend le bout à Marc, il est heureux de les voir.

« Qu'est-ce que vous faites là ?

— Ça fait deux jours que tout le monde te cherche, pépé, on était inquiets.

— Mais faut pas.

— Bonsoir.

— Bonsoir, ma petite, toi aussi t'avais peur pour pépé ?

— J'ai suivi Marc, surtout…

— Bon. Allez, venez dans le bateau, que je vous paie un coup.

— Tu fais quoi dans ton bateau tout seul, dans le froid ?

— Je viens de te le dire. Je bois des coups. Et vous allez m'accompagner ! On va être bien tous les trois.

— T'es pas net, pépé. C'est la guerre, et toi tu picoles.

— Comment ça, la guerre ?

— T'as pas entendu les infos ?

— Non, je m'en fous de leurs conneries. J'ai passé mon temps à lire et à déboucher. Allez, venez, on va s'en jeter un petit…

— T'en penses quoi, Ève ?

— J'en pense que je suis gelée…

— J'ai un petit chauffage à pétrole dans le carré et puis j'ai de l'antigel ! »

Ève est la dernière à monter dans l'annexe et la dernière à monter sur le bateau. Dans le carré, il y a des bouteilles de vin partout, des bouchons qui roulent et des cartons éventrés. Marc prévient Ève de bien se baisser pour ne pas se cogner la tête. Ils s'assoient autour de la table en plastique. Henri monte le chauffage, recouvre les épaules d'Ève avec un ciré. Il débouche une bouteille de blanc, il dit : « Ah, un bruit bien sympathique ! », c'est du pouilly-fuissé, du 2002, il en verse dans des verres de cantine. On trinque.

« La grand-mère d'Ève est morte hier, pépé.

— Mince alors, la pauvre vieille. Je suis désolé, ma petite. On boit pour le salut de son âme. D'une traite, bon Dieu ! Amen. »

Ève sourit, lève son verre un petit peu et elle dit :

« Pour mamie, ma pauvre vieille », et elle avale son blanc cul sec, fait claquer sa langue pour jouer à la dure, puis elle tremble et secoue les épaules pour supporter la force de l'alcool.

Le premier verre de blanc détend l'atmosphère, ceux d'après la réchauffent. Ève est vite pompette, elle n'en finit pas de parler, elle a un avis sur tout, elle sourit de plus en plus. Ève taquine Marc, elle serre Henri dans ses bras, elle lève son verre à chaque fois qu'elle le porte à ses lèvres et répète : « C'est toujours ça que les Boches n'auront pas ! »

« Parle pour toi, finit par lui répondre Henri, l'œil malicieux, je te rappelle que je le suis un peu. Marc te l'a dit, non ?

— Ça fait six mois qu'il n'a que cette histoire à la bouche… »

Les bouteilles s'enchaînent, du champagne, du rouge, un vieux porto. Henri ouvre du pâté Hénaff, partage son pain rendu mou par l'humidité. Il confie que toute sa cave est là maintenant, il a entrepris de la boire en entier et ne sortira pas du bateau avant. Promis, juré. Marc fait le compte, il doit rester une soixantaine de bouteilles. À quatre par jour, son grand-père peut tenir le siège encore deux semaines.

« Mais tu n'auras jamais assez à manger…

— Je mangerai dans un verre, ne t'en fais pas, ça se voit que t'as pas connu la guerre.

— Tu l'as pas trop connue non plus, pépé, répond Marc, narquois. T'es une conséquence de la guerre, ou plutôt une séquelle.

— Pff, rigolo de kermesse. »

Marc raconte les barrages, les événements à Paris, les gens qui se battent entre eux, Matthieu parti chercher Inès.

« Quand il en reviendra, il en causera comme causait son grand-père de sa virée à Lorient en 44, tu peux en être sûr », commente Henri.

Et il ajoute :

« Tu parles d'un cinéma. »

Les seuls événements qu'il a connus, qui l'ont marqué, ce sont les grandes grèves à son arrivée à l'usine au côté de son père. Il doit bien avouer qu'il n'aurait pas pensé connaître plus fort que ça. Raison de plus pour ne pas sortir de son bateau.

La nuit s'étire pour Matthieu. Il n'a trouvé aucun moyen pour rejoindre Inès. Il attend le matin. Il est résigné. Il parle avec les autres. Les rumeurs circulent. Certains affirment que tout était préparé depuis longtemps par l'armée. Tu ne trouves pas ça un peu rapide la prise de contrôle par les militaires ? Les soldats déployés en quelques heures ? C'est un prétexte pour prendre le pouvoir, qu'ils ne rendront jamais aux civils !

Les chiffres les plus extravagants circulent sur le nombre de morts, ici et en province. On dit que des avions militaires ont bombardé des châteaux du Bordelais et que l'autoroute qui mène à Lyon a été coupée pour empêcher la retraite des opposants. Un homme qui a participé à la manifestation et qui cherche son amoureux avec qui il tenait un bar à vins près de Troyes raconte que la police a fait feu sur la foule quelques minutes à peine après son arrivée. C'est suite à cela que tout a dégénéré. On ne sait pas à quoi sont dues les explosions qui se poursuivent dans la ville par moments. Elles sont loin. Mais elles font sursauter, elles empêchent de trouver le sommeil.

La question est aussi de savoir si la police va suivre l'armée ou bien si ses membres vont rejoindre les opposants. Personne n'en sait rien.

Sur le bateau, Ève, Marc et Henri passent la nuit à parler. Ève comprend mieux l'attachement de Marc pour son grand-père. Parce que, derrière ses mots souvent maladroits, se cache une infinie tendresse.

Ève s'endort sur la banquette, la tête posée sur les genoux de Marc qui caresse ses cheveux.

Henri propose un dernier pour la route, Marc accepte. Mais avant ça, il demande à son pépé d'enfiler un gilet de sauvetage. On ne sait jamais, avec tout l'alcool qu'il a dans le sang, il pourrait tomber à l'eau pour une simple envie de pisser. Marc n'a aucune envie d'enterrer un noyé.

« Quand je meurs, je veux qu'on balance mes cendres là où t'as pris le gros bar l'autre fois. Il y a la cote dans le GPS. Il faut qu'on m'incinère et qu'on me jette là-bas. Je ne veux pas qu'on me garde dans un petit vase sur la cheminée, c'est sordide. Mais tu diras à ton père et à son frère de faire attention au vent au moment de me lancer. Ils n'ont jamais rien compris à la mer ces deux-là, toi tu sais. Si ça bouge trop et qu'on ne peut pas le faire, vous pourrez envoyer mes cendres au pied du cap où je mets mes casiers. Tu vois bien où c'est. »

Marc répond que oui, il voit bien où c'est, et il se lève, et il pose doucement la tête d'Ève sur la couchette, et il serre son pépé contre lui. Henri, les bras ballants, étreint par son petit-fils, dit : « Bah. »

Matthieu quitte l'hôpital à six heures du matin. Il prend sa voiture en direction des Quinze-Vingts. La liste sur le mur est un fil auquel il s'accroche pour retrouver Inès. Les rues sont vides. Il se rapproche de Bastille au jugé, en suivant des panneaux qui le mènent vers des endroits dont il a souvent entendu le nom mais qu'il ne connaît pas. Il finit par se perdre.

Un homme lui vient en aide et lui indique la bonne direction. Il demande s'il ne pourrait pas monter avec lui et l'accompagner jusqu'à Bastille. Matthieu accepte. L'homme est un opposant. Il le dit à peine assis. Il est resté caché dans une cage d'escalier toute la nuit car ça bataillait encore fort dans le quartier Latin. Il a vu quelqu'un mourir sous ses yeux, pendant la manifestation de jeudi. C'était un policier qui avait l'air d'un gamin. « Jeune comme toi », ajoute l'opposant.

Lui a été légèrement blessé par un coup de matraque sur l'épaule. Il vient d'un petit village près de Blois où il fait pousser du sauvignon qu'il revendait jusque-là à la coopérative. Il dit que tout ce que souhaite le gouvernement c'est les faire crever. L'homme ne sait pas comment il va pouvoir rentrer chez lui, il risque d'être arrêté. Ses mains épaisses et rêches, dessinées par des années de tailles hivernales, le trahiront à coup sûr en cas de contrôle. Il ne veut pas aller en prison. Il a peur d'être torturé par les militaires. Lui, tout ce qu'il voulait, c'était sauver son gagne-pain, quel mal y a-t-il à ça ?

Un barrage. Matthieu dit : « Merde. » Des soldats lui font signe de s'approcher. Matthieu roule lentement, le vigneron enfonce les mains dans les poches de sa parka. Le soldat demande les papiers de Matthieu, la raison de son déplacement.

« Mettez vos mains en évidence, monsieur », lance le militaire au vigneron.

Le vigneron les sort lentement, les pose à plat sur ses cuisses. Matthieu explique qu'il se rend aux Quinze-Vingts pour retrouver sa fiancée qui s'y trouve, elle était sur une liste affichée à l'hôpital Pompidou. Le soldat leur dit qu'il ne pourra pas y aller en voiture. L'accès est bloqué. Il faut se garer. Matthieu fait demi-tour. Il se gare un peu plus loin. Il souhaite bonne chance au vigneron.

Place de la Bastille, Matthieu est fouillé. On le fait souffler dans un éthylotest. Il redonne son explication, on lui indique le chemin. Si Inès est encore là, il la reverra dans quelques minutes.

Dans un passage sombre et étroit, il manque d'être renversé par une petite troupe qui se déplace au pas de course, armes à la main. Les hommes ne font pas attention à lui et poursuivent leur chemin.

Matthieu entre dans l'enceinte de l'hôpital. Il suit le panneau « Urgences ». Il est arrêté à l'entrée du bâtiment par des policiers, fouillé, interrogé, autorisé à entrer.

La salle d'attente est bondée. Les blessés le moins gravement atteints attendent depuis deux jours. On n'a jamais vu une situation pareille.

Matthieu trouve quelqu'un à l'accueil pour lui donner des renseignements. Inès est toujours à l'hôpital, oui. Elle a été opérée. On ne lui en donne pas la raison. Matthieu est informé du numéro de la chambre, de la direction à suivre pour la trouver. Encore quelques minutes.

Il traverse de longs corridors, prend un ascenseur. Son téléphone sonne. C'est sa mère. Il n'a plus beaucoup de batterie.

« Tout va bien, maman. J'ai retrouvé Inès. Elle est dans un hôpital à Paris, les Quinze-Vingts. Je ne sais pas ce qu'elle a. Elle a été opérée. Préviens ses parents. Son père est aussi en route pour Paris ? Je vais le dire à Inès. J'appelle dès que je peux. »

Tout doucement, Matthieu frappe à la porte. Il la pousse, hésitant. Il y a plusieurs lits dans la chambre. Inès est là, assise sur l'un d'eux, sa blouse de malade, mal fermée, laisse apparaître ses flancs et sa jolie peau. Une infirmière lui prodigue des soins. « Venez, monsieur, j'ai presque terminé. » Inès a un pansement énorme qui lui enserre une partie du visage. Ce pansement énorme ne l'empêche pas de sourire au moment où elle voit les yeux de Matthieu, et ses cheveux abîmés par la chimio, et sa mine à faire peur, et son émotion de l'avoir retrouvée.

Matthieu s'approche, caresse le bras nu d'Inès. L'infirmière finit son travail. Inès dit qu'elle a mal, elle demande un cachet. On le lui donne.

Inès, après que Matthieu l'a prise dans ses bras, raconte la manifestation, le sentiment d'être piégée, l'envie de se cacher, l'impossibilité de le faire. La panique. Un policier qui tire sur elle avec son Flash-Ball. Et plus rien, juste un hurlement qui sort de sa bouche. Elle pleure en le disant. Si elle hurle comme ça c'est parce qu'elle a l'impression que son œil est en train de cuire. La douleur est si forte qu'Inès s'effondre et perd connaissance. Quand elle revient à elle, on appuie sur son visage avec un chiffon qui sent la graisse à vélo. On l'a emmenée à l'hôpital. Il lui manquait une chaussure. On lui a annoncé qu'on allait l'opérer sur-le-champ pour sauver son œil.

Elle s'est réveillée le lendemain, hier, dans cette chambre. Elle délirait. Il paraît qu'elle a essayé de se lever de son lit et qu'elle en est tombée, mais elle ne s'en souvient pas, et que c'est pour cela qu'on a dû l'attacher.

« Regarde, mes poignets sont tout rouges, les sangles m'ont râpé la peau. »

Le médecin est passé hier soir pour lui dire que son œil était sauvé. Elle voulait téléphoner pour les avertir de tout ça, mais elle a perdu son téléphone pendant la manifestation et toutes les lignes de l'hôpital étaient encombrées.

« Je veux rentrer s'il te plaît…

— Oui, je vais te ramener en Bretagne, ça va aller.

— Mes parents, il faut les prévenir…

— J'ai dit à ma mère de le faire. Ton père est en route. Tu peux appeler ta maman, si tu veux, j'ai encore un tout petit peu de batterie. »

Inès prend le téléphone, entend la voix de sa mère, éclate en sanglots, dit qu'elle va rentrer dès qu'on la laissera sortir, qu'elle a hâte que son père arrive. Le téléphone coupe.

Matthieu demande à Inès de se pousser et il s'allonge près d'elle, dans le petit lit. Il lui dit qu'il l'aime, qu'il a eu peur comme jamais, qu'il va bien prendre soin d'elle.

Ève est belle, lundi, pendant la messe. Elle tient la main de sa mère et celle de Marc.

Le dimanche a été terrible dans la capitale. Des opposants ont mené des attaques simultanées en différents points de la ville. Ils ont été matés sans ménagement. Les combats ont fait de nombreuses victimes. Si la Bretagne est relativement préservée, on tire à vue désormais dans les vignobles. Les chars ont envahi les vallées de la Loire, du Rhône, les parcelles de l'Est, et les coteaux du Sud. À Saint-Julien-de-Concelles, dans le Muscadet, une opération menée par le GIGN pour libérer des otages d'une propriété viticole a fait plusieurs morts.

Les journaux ne sont plus diffusés, Internet a été coupé, tout comme les radios et la télévision, hormis pour les communiqués de l'armée. Les seules informations dont dispose la population proviennent de vieux postes de radio qui parviennent à capter les émissions anglaises. On sait que l'ONU et l'Union européenne mettent en garde la France et qu'une force internationale d'interposition pourrait se déployer sous peu. Partout, des voitures continuent de brûler, et des granges, et des bâtiments publics. Des avions répandent des herbicides au milieu des vignes.

Vendredi 25 novembre, après plus d'une semaine de chaos et de violence, le chef d'état-major des armées intervient quinze minutes à la télévision. Il annonce que la Constitution est suspendue pour une période de soixante jours, le temps pour l'armée de rétablir l'État de droit, il en assume la responsabilité. Il assure que le président Rossi se trouve en lieu sûr et qu'il parlera le lendemain pour dire son soutien aux militaires. Jamais le général ne prononce le mot guerre. Il évoque des « événements graves » qui mettent en péril la République, ce que ni lui ni les autres généraux ne peuvent laisser faire. Il appelle les opposants à déposer les armes. Il conclut que si la sauvegarde de la République est de son devoir, il ne lui incombe pas de remettre en cause les lois du pays et que le décret du 17 novembre, puisqu'il n'a pu être légalement promulgué, ne s'applique donc pas. Il restera au pouvoir civil de le faire appliquer ou non le moment venu. C'est une manière de faire retomber la pression et d'offrir une base de négociation aux opposants…

Les jours passent. Un mois maintenant que Perrine est en terre, près de son mari. Près de son fils.

Depuis le début du mois de décembre, le calme est revenu en France. C'est comme si ça avait explosé trop fort, que ça avait vidé l'énergie de la révolte par sa seule puissance. Les opposants sont de retour chez eux. Les vignerons élèvent leur vin puisque rien ne le leur interdit. Certains vont jusqu'à offrir des bouteilles qu'ils avaient cachées aux gamins qui pilotent les chars ou à leurs chefs.

Il y a dix jours, un ULM s'est écrasé sur Paris et son pilote a été tué. Il visait l'Élysée, d'après un courrier trouvé chez lui. Son identité n'a pas été révélée. C'est le dernier événement violent recensé. On commence à parler d'amnistie générale.

Ève a fini de pleurer et ne compte pas s'y remettre de sitôt. Hier, avec Marc, ils ont fait l'amour. Ils étaient excités comme si c'était la première fois. Marc respirait fort, à croire qu'il allait faire une crise d'asthme. Ève s'est abandonnée comme elle n'avait jamais osé. Elle a pensé qu'elle n'était plus une gamine. Elle a éclaté de rire au moment où Marc s'apprêtait à jouir, les jambes tendues, une veine en forme de Y au milieu du front. Il a fait semblant de râler en disant : « Tu m'as coupé la chique, c'est malin. » Et elle a promis qu'elle saurait se faire pardonner la prochaine fois.

Elle était encore allongée sur lui quand il lui a demandé si elle voulait bien l'accompagner en Afrique. Elle a accepté et l'a embrassé de tout son cœur. Elle a téléphoné à sa mère pour lui annoncer la grande nouvelle et pour savoir si elle pourrait tenir le magasin seule, quelques mois. Sa mère a dit : « On s'arrangera, ne t'en fais pas. » Le début du périple est toujours prévu pour le 3 janvier, à peine le temps de faire les vaccins.

Le jour d'après, dans la vieille maison du Coudray qui vient d'être mise en vente, Ève, sa mère et Marc fouillent, rangent, mettent de côté. La vie de Perrine est regroupée en petits tas instables.

Ève cherche en secret des informations sur la guerre : un carnet, des notes, des photos, des articles de presse. Tout semble avoir été détruit le soir de la crise de Perrine quand elle a mis le feu à l'album qu'elle avait constitué au moment du procès de Joseph. Ève repasse derrière Marc et sa mère, vérifie, s'agace, lève les yeux au ciel en faisant la moue devant des bibelots démodés, de vieux vêtements, demande à garder des bijoux sans valeur, mais aucune trace, rien qui pourrait lui dire qui est responsable de ce qui s'est passé sur le port de Locquémeau. *Vilaine mamie*, pense Ève.

La remorque accrochée à la voiture de Marc est vite remplie. Direction la déchetterie avec Ève. Sa mère est restée passer un coup de serpillière.

Au retour, Ève raconte en détail à Marc ce que Perrine lui a dit il y a des années avant que ses souvenirs s'en aillent : le bombardement, le départ pour Locquémeau, le passage à tabac, la tonte dans le port, la torture, la vieille qui s'est jetée du haut de la digue pour échapper à l'horreur, la tige de fer et la croix gammée, et la fuite de mamie, mamie toute jeune, c'est ça le plus dur à imaginer, mamie, en jeune femme.

« Dans le regard de ma grand-mère, je n'ai jamais vu autre chose que de la bienveillance, hormis quand elle parlait de ses tortionnaires, et de la tristesse quand elle évoquait le fossé entre mon père et mon grand-père, à cause de l'incendie et de la prison. Elle les adorait tous les deux mais elle n'a jamais réussi à les réunir. Joseph, mon grand-père, est mort d'une crise cardiaque le jour de l'élection de Mitterrand. Il n'était pas de gauche, d'accord, mais c'était quand même une réaction disproportionnée, non ? Soixante ans à peine. Trois mois après ma naissance. Mon père ne m'en parlait pas beaucoup, évidemment. Mamie, en revanche, ne tarissait pas d'éloges sur lui, même si elle affirmait qu'il était vilain comme tout, et qu'il était parti trop vite, "ce con". J'adorais quand elle me parlait de lui. Même si je ne l'ai pas connu, j'ai l'impression de savoir parfaitement qui il était. Elle m'a transmis ça. »

Ève s'arrête. Elle essuie une larme. Elle dit : « Putain, c'est chiant d'être une pignouse comme moi. » Marc l'embrasse sur le front et lui dit : « C'est vrai que t'es une pignouse. »

Ève appelle sa mère.

« C'est pour te dire qu'on ne rentre pas tout de suite, maman, on rentre demain ou après-demain. On part voir la maison d'enfance de mamie. Et on part au port aussi, là où on lui a fait du mal. Oui, comme ça, tout de suite, j'ai envie, ça ne s'explique pas.

— Tu pars comme ça, Marc est d'accord ?

— Je sais pas, oui, je crois. T'es d'accord, Marc ? »

Marc fait signe que oui, bien sûr.

« Et comment je fais au magasin demain ?

— Je ne sais pas, maman, tu trouveras bien, au pire demande à Inès de venir te donner un coup de main si elle peut. Bisous. »

En frusques, les cheveux encore pleins de poussière, la remorque au cul de la voiture, Marc prend la quatre-voies en direction de l'histoire de Perrine, à 110, en faisant attention aux radars.

Ève regarde Marc conduire, elle le trouve beau, elle lui dit : « Toi, t'es le plus gentil qui existe. » C'est sa phrase enfantine à Ève, celle que Marc adore entendre et qu'il essaie d'obtenir le plus souvent possible. Elle lui fait de la joie partout dans le corps.

La plaque est là, peut-être à un mètre au-dessus de leurs têtes, avec le prénom du père de Perrine : « Jean-Louis », le nom de jeune fille de Perrine : « Kerogues », et en dessous est gravé « Résistant, fusillé par les Allemands », et la date, le 22 janvier 1944.

« Et tu ne savais pas que ton arrière-grand-père avait une rue à son nom ? Qu'il était résistant et qu'on l'a fusillé ? interroge Marc, étonné. Quand même, c'est pas le genre de choses qu'on cache. »

Ève continue de regarder la plaque.

« Non, je l'ignorais complètement. Elle ne parlait pas de son père, pas plus que de sa mère, peut-être que ça ne se faisait pas, et je n'ai jamais osé l'interroger. J'aurais dû. C'est trop bête. »

Ève et Marc quittent l'endroit. Ils prennent une chambre dans le seul gîte du village. La patronne les accueille avec le sourire, un petit couple en promenade, au mois de décembre, ce n'est pas souvent, surtout avec toute cette agitation. Ils prennent leur douche et remettent leurs vêtements sales. La patronne fait aussi table d'hôte, si ça les arrange.

Marc lui pose des questions sur la guerre, il sait que ça fera plaisir à Ève.

La dame du gîte n'en a que peu de souvenirs. Des sensations, des choses troubles, le bombardement du printemps 44, oui, ça, elle s'en souvient, c'est celui qui a fait sauter l'usine de poissons, elle est née en 40, faites le compte. C'est pour ça qu'elle est chétive, parce que, comme les autres, elle n'a pas été bien nourrie dans son enfance. Elle se souvient de la fournaise et des voisins qui criaient en pensant que la fin du monde était venue. Sa mère, qui travaillait dans l'usine de poissons, s'est retrouvée sans rien. Son père, cultivateur, était prisonnier en Allemagne, elle ne l'a connu qu'à son retour, elle se souvient qu'elle allait avec sa mère à la gare de Brest tous les mardis pour attendre les prisonniers qui revenaient. Ils ont longtemps été aidés par la Croix-Rouge, au moins jusqu'en 46. Tout ce qu'elle connaît des Kerogues, c'est la rue où se trouve l'école publique. Ses trois enfants l'ont fréquentée. Maintenant ils vivent à Paris, sa dernière fille fait tout pour revenir dans la région.

Il aurait fallu demander à sa mère ou à son père mais ils sont morts il y a plus de trente ans. Son mari, il ne faut pas y compter, il est de Normandie. Elle l'a connu pendant qu'il faisait son service militaire à l'arsenal de Brest. Il faudrait peut-être aller voir à la mairie demain car c'est fermé à cette heure.

Le lendemain matin, Nathalie, la secrétaire de mairie, indique que le maire est absent. Le premier adjoint est là, si ça peut les intéresser.

Oui, Jean-Louis Kerogues, il en a entendu parler comme tout le monde, oui, Perrine aussi, il l'a connue, il était encore tout gamin mais il voit bien qui c'est. C'est tout. Il faudra voir avec Maryline, l'adjointe à la Culture et aux Affaires scolaires. Elle est en charge des archives. Tenez, voilà son téléphone.

Maryline répond et elle dit :

« Revenez à la mairie tout à l'heure, quinze heures, c'est bien. J'irai faire un tour aux archives avant, mais je ne sais pas si je trouverai quelque chose, ça a été mis à sac par les émeutiers… »

Ève et Marc reviennent à la mairie, l'adjointe les invite à s'asseoir, elle leur propose un café et leur indique qu'elle ne pourra pas rester trop longtemps, elle doit aller chercher son petit-fils au centre aéré. Ève et Marc écoutent.

« Alors voilà, j'ai retrouvé l'acte de naissance : Perrine Kerogues, née le 22 octobre 1922, de Jean-Louis Kerogues et Jeanne-Marie Kerogues, née Le Barzic. Ils demeuraient rue Saint-Yves. Elle a été rebaptisée rue Jean-Louis Kerogues, en 54, quand on a célébré les dix ans de la Libération. Sur la période qui vous intéresse, j'ai ça : une monographie qui a pour sujet la commune pendant la guerre. Elle a été écrite par un ancien instituteur. C'est un travail amateur mais très illustré. Ce n'est pas mal fait, je trouve. »

Ève et Marc tournent les pages, les photos du bourg et des habitants défilent, ils sont habillés chic ou en tenue de travail, il y a là des adultes aux traits secs et des gamins aux bouilles rondes. Ève prend garde de ne pas renverser son café. Sur la photo de l'ancienne mairie prise en 1943, Marc repère à droite un morceau de la maison de Perrine, la montre à Ève. Elle reste longtemps à la regarder, sa grand-mère est à l'intérieur. Tout près.

Sur une autre photo, il y a le port et l'usine sur la gauche. Une autre a été prise à l'intérieur. Les gens fixent l'objectif, ils attendent que le petit oiseau veuille bien sortir. Des filles sont alignées à leur poste, il y a du poisson partout, et cette légende : « La conserverie un an et huit mois avant le bombardement, sans victime. » Perrine est introuvable. « Dommage qu'on ne la voie pas », dit Marc. Ève ne répond pas, elle pense à la cicatrice, la croix gammée que Perrine n'avait pas encore.

La photo qui suit, l'usine est détruite. D'autres photos prises le jour de la Libération, les drapeaux bleu-blanc-rouge confectionnés avec les moyens du bord et pendus aux fenêtres du bourg, et partout la foule immobile dont on devine la joie immense. Quelques pages encore et le fascicule est refermé. Maryline veut bien en faire des photocopies s'ils le souhaitent.

« Oui, ce serait formidable ! remercie Marc.

— Si vous voulez en savoir plus, allez trouver Abel, un de nos anciens, il a une mémoire d'éléphant. Je l'appelle, il est toujours content de voir du monde. »

Abel est né en 1920. La fille Kerogues, Perrine, bien sûr qu'il voit qui c'est, et son père encore mieux : il l'a giflé en plein milieu du bourg pour une histoire de chien mal tenu. Enfin, ça date, mais il sent encore sa joue qui chauffe, lui qui n'en avait jamais pris une avant ça, même pas de son propre papa.

Désolé de vous le dire, mais il n'a pas beaucoup pleuré quand il a appris qu'on l'avait fusillé, la rancune c'est difficile à faire passer. Perrine, il ne croit pas lui avoir parlé, mais elle était belle, la plus belle de la commune, tout le monde était d'accord là-dessus.

« En ce temps-là, on était tous timides pour ce qui était des filles, à part nos sœurs et nos mères, on ne les fréquentait pas beaucoup. »

Lui, Abel, s'est engagé dans la Royale à dix-sept ans, mécanicien, il a participé au sabordage de la flotte à Toulon, le 27 novembre 1942. Il a des photos, qu'il a prises, voyez voir, il n'a jamais eu aussi mal au cœur que ce jour-là.

Réputé déserteur ensuite, il s'est caché jusqu'à la Libération dans un maquis près d'Huelgoat.

« Vous savez, c'est là où il y a la Roche tremblante, une pierre de plusieurs centaines de tonnes qu'on peut faire bouger à main nue. Mais il faut la technique, c'est un coup à prendre. C'est un dénommé Cozanet, Yves ou bien peut-être Georges, un gars de Landunvez, qui m'a montré comment faire. Sûr que si j'y retournais, j'y arriverais encore.

« Regardez : "Certificat d'appartenance aux Forces françaises de l'intérieur", en bonne et due forme. »

Après la guerre, il est retourné dans la marine. Il a fait l'Indochine, mais dormir dans la même bannette que d'anciens collabos, il ne pouvait pas, alors il a foutu le camp dès qu'il en a eu l'occasion.

« Jean-Louis Kerogues, ton arrière-grand-père, mignonne, a été arrêté pour fait de résistance, c'est le seul de la commune dans ce cas. Il aidait des aviateurs anglais, je crois, même si ma mère, qui pouvait être langue de vipère, disait que c'était une histoire de marché noir. Il a été fusillé en représailles. Ta grand-mère, je ne sais pas trop quoi dire…

— On vous a dit qu'elle avait couché avec des soldats allemands ? interroge Ève, les yeux droits dans ceux d'Abel, comme pour le défier.

— Disons que… Si c'est toi qui en parles… Oui, il paraît qu'elle a couché avec les Boches, oui, c'est vrai… c'est ce qui se racontait. Ma mère me l'a dit à mon retour, comme ça, en passant, en parlant d'autres choses. Je m'en souviens parce que, je l'ai dit, et ma pauvre femme là-haut ne m'en voudra pas, eh bien je la trouvais bien belle, la Perrine. »

Et il ajoute, pour défendre Perrine :

« Tu sais, les gens avaient peur pour leur peau. Et il fallait manger. La faim, ça fait commettre des choses qu'on n'aurait jamais pensé commettre et la peur j'en parle même pas. Pour ce qui est des Boches, je n'en sais pas plus, mais c'était un autre temps et tout résistant que j'aie été, je ne lui jetterai pas la pierre… »

Ève le remercie. Lui dit qu'ils vont le laisser. Et puis elle ajoute qu'il ne faut pas qu'il s'inquiète pour ce qui est de jeter la pierre. Ça a déjà été fait.

Le jour qui suit, Ève et Marc sont dans les virages, dans la descente qui les mène au port et qu'ils atteindront dans quelques minutes. La remorque vide tressaute sur la mauvaise route.

Après, c'est un autre vieux qui parle. Ève et Marc le rencontrent alors qu'ils se promènent sur la plage de galets dans l'air frais mais rassurant de l'hiver breton. Lui balade son chien. Il soulève sa casquette de marin pour leur adresser le bonjour. C'est le genre de geste désuet que Marc aimerait faire quand il sera âgé. La conversation s'engage quand le vieux retient celui qu'il appelle « Mastok », alors qu'il file droit pour renifler l'entrejambe de Marc et que ça fait rire Ève.

Ève demande au papi s'il vit à Locquémeau depuis longtemps, et comme il répond qu'il est né là, qu'il n'en a jamais bougé, elle l'interroge sur sa vie et bientôt sur la guerre. Les bateaux, peu nombreux, oscillent doucement. Le métal des haubans cliquette. Des maisons aux volets colorés font face à la mer le long de la route en goudron neuf. De la fumée s'échappe des cheminées. C'est joli, Locquémeau.

Quand Ève évoque Perrine, la tonte, la violence dont elle a été la victime, l'incendie de la maison allumée par son Joseph, la voix du vieux change, son visage aussi. Il détache la laisse du collier de son chien qui s'en va courir après une compagnie d'huîtriers pies un peu plus loin sur l'estran.

« Ce qu'ont vécu la dame et la vieille Huguette, c'est révoltant. Je peux en parler si tu le souhaites, ça oui, même s'il y a des choses que je mélange aussi, des souvenirs qui partent en décomposition et que je rattrape comme je peux.

— Je comprends, monsieur, mais même des petites choses, pour moi c'est beaucoup, vous savez…

— Ça s'est passé là, juste à côté de la criée, ma maison est là-bas, la petite avec les volets bleus. J'y ai toujours vécu. C'étaient quelques jours après la Libération, tout le monde était encore fou de joie. Un matin ou un après-midi, je ne sais plus bien, on a entendu des cris d'horreur… C'était ta mamie. Ma mère a lâché sa cuisine, elle est sortie pour voir, et moi je l'ai suivie. On était combien ? Sans doute trente ou quarante autour d'elle. Ça gueulait beaucoup, en breton, parce que ici on ne parlait que breton à l'époque. La dame, ta mamie, était déjà couverte de sang. Des bonshommes étaient en train de la torturer et de lui lancer les pires grossièretés. Les femmes s'y sont mises aussi et après ils ont fait venir la vieille Huguette. Ils les ont assises sur des chaises, ils leur ont coupé les cheveux et ils les ont battues, on a mis les malheureuses nues, c'était la première fois que je voyais une femme nue. »

Les yeux clairs du vieux se gonflent de larmes et il dit :

« Voilà que je pleure avec ce vent froid. Mon mouchoir…

— Vous savez qui s'en est pris à elle en premier ?

— C'était celui à qui ton grand-père a fait brûler la baraque, le vieux Quinio, aidé de sa bonne femme. D'autres s'y sont mis aussi.

— Vous savez pourquoi ils lui ont fait tant de mal ?

— S'ils ont battu ta grand-mère comme ça, c'est parce qu'elle avait couché avec les Boches à ce qu'on disait, je ne sais pas si c'est vrai, c'est ce qui s'est dit. Et pour la vieille Huguette, c'est la même chose, il faut dire qu'elle faisait ça bien avant l'arrivée des Allemands mais ça n'avait jamais choqué personne… J'espère que je ne te blesse pas, ma petite, en disant des choses comme ça.

— Non, non, ne vous en faites pas. Au contraire. »

Le vieux rappelle son chien. Lui donne des tapes sur l'échine et le rattache, lui donne du « gentil Mastok ». Il dit qu'il va leur faire voir l'endroit d'où la vieille Huguette s'est jetée.

« Mon père a engueulé ma mère le soir car il a pensé qu'on allait avoir des problèmes avec les gendarmes, il avait peur qu'on l'accuse de complicité ou quelque chose… mais il ne s'est rien passé. Pour la vieille Huguette, les gens ont dit que c'était un accident, elle a été enterrée dans le carré des indigents. C'est tout petit, car c'est rare qu'on ne trouve pas un peu de sous pour des funérailles dans nos villages. Ça aussi, c'est une honte.

« Ça s'est fini je ne sais plus bien comment, je vois encore, pardon, la corde qu'ils ont passée autour du cou de ta grand-mère, seulement personne n'a osé la finir, oh ! Comment je parle… Tout le monde est rentré dans ses chaumières, on faisait comme si on ne l'entendait pas pleurer.

« Après, on n'en a plus parlé jusqu'à l'incendie de la maison du vieux Quinio. Les gens n'étaient pas fiers. Ça avait été beaucoup trop loin. Ça a parlé ensuite pour savoir qui avait vendu la mèche à ton grand-père. On n'a jamais su. Peut-être que c'est tout simplement ta grand-mère. Après l'incendie, on pensait tous que le vieux Quinio allait quitter la commune, mais il est resté. Il est mort il y a longtemps, dans son lit.

« Pour moi, on est tous coupables, y a pas à dire, tous coupables, même moi et les autres gamins. C'était de la non-assistance à personne en danger, comme on dit maintenant. On aurait dû pleurer et crier, mordre nos mères ou les griffer pour qu'elles arrêtent tout ce cinéma, au lieu de ça, on ouvrait grands les yeux comme au spectacle, le spectacle de ta grand-mère…

— Je ne sais pas si vous vous rappelez mais on a fendu le front de ma grand-mère avec une tige en fer, on y a dessiné une croix gammée…

— Je m'en souviens très bien, ma pauvre. Oui, je m'en souviens. Tous ceux de mon âge s'en souviennent.

— Et vous savez qui a fait ça ?

— Oui, ma fille, je le sais. C'était le fils Quinio…

— Le fils de celui dont mon grand-père a brûlé la maison ?

— Oui, c'est bien ça. » Ève ne dit plus rien.

« Et il est mort, le fils Quinio ? reprend Marc.

— Non, mais il est en bout de course, il paraît. Il est en maison de retraite pas loin d'ici. Je vous demande pardon, j'ai froid, je vais rentrer. *Kenavo.* »

Ève et Marc le remercient, ils lui souhaitent une bonne journée.

« On va aller là-bas…

— Où ça ?

— À la maison de retraite.

— Je ne pense pas que ce soit une bonne idée. Ça va te faire du mal pour rien.

— On va aller le voir, c'est tout. Je vais lui demander ce dont il se souvient et voilà. Après on rentrera. Promis.

— Pour moi, c'est une connerie… »

La maison de retraite est vite trouvée. La personne de l'accueil leur indique la chambre de monsieur Quinio.

« Mais il est très fatigué, il ne répond pas beaucoup, vous savez, c'est la chambre 323, oui, au troisième. »

L'ascenseur met du temps à arriver, Ève observe les petits vieux assis devant la télé dans la salle commune. Ils suivent, en remuant la tête en chœur, l'économiseur d'énergie du lecteur DVD qui se balance aux quatre coins de l'écran en attendant qu'un membre du personnel veuille bien appuyer sur lecture et que le film commence.

Dans la chambre surchauffée, ça sent l'hôpital. Il y a un lit avec une barre pour aider à se relever, la télévision est allumée. Il y a une table de chevet et sur la gauche une armoire avec des livres reliés d'une collection vendue en porte-à-porte.

Le fils Quinio est dans son lit, pyjama débraillé, poitrine à l'air, la tête tournée vers la télé, la bouche ouverte. On devine ses jambes sous le drap bleu, elles semblent menues comme des jambes de fille.

« Il dort », dit Marc.

Ève secoue l'épaule du vieux, elle dit : « Monsieur, monsieur », elle dit : « Réveillez-vous, s'il vous plaît ». Les paupières, si fines qu'on entrevoit les yeux en dessous, s'ouvrent et le vieux s'éveille, demande ce qu'on lui veut. Il n'a pas toute sa tête, il sourit, mignon comme tout, et il se rendort.

« Qu'est-ce qu'on fait ? demande Marc.

— On attend qu'il se réveille pour l'interroger… »

Marc, qui a compris comme cet instant compte pour Ève, va contre l'envie qu'il a de s'en aller et lui répond :

« C'est comme tu veux, mon chat. On a tout notre temps. »

Ève s'assoit près du fils Quinio qu'on doit appeler le vieux Quinio comme on appelait son père. Ève tourne la tête, se lève, ouvre la bibliothèque. Elle fouille. Marc la regarde faire.

Près de la télévision, il y a un pêle-mêle de photos avec ceux qui doivent être ses enfants et ses petits-enfants, qui ne savent rien, c'est sûr, de la lignée à laquelle ils appartiennent.

Ève les voit tous en short à la plage, en gros pull devant le sapin de Noël. Ils lèvent leurs verres de pastis au photographe, ils dansent devant la scène d'une salle des fêtes, ils jouent à la pétanque, et ce gamin avec sa coupe au bol et ses lunettes en plastique vert qui souffle une bougie en forme de 4, entouré d'adultes. Ils ont les yeux pleins d'admiration devant pareil exploit.

Ève sait que c'est fini.

Elle met ses pouces comme quand on jouait à chat petits et que c'était terminé sans le dire. Elle va mettre fin à l'histoire. Elle va s'en aller avec Marc, elle va construire sa vie de femme qui sera pleine de robes plus belles les unes que les autres, de rires, et des fleurs qu'elle aime.

Voilà, c'est le moment. Marc en est témoin. Quelque part, il y a Marthe, Marcel, Henri, Perrine, Pierre, et les autres. Dans l'air, ça sent la menthe poivrée, ça sent l'omelette à deux œufs encore tiède, ça sent le poisson en conserve et la poussière de granit. On entend la roue du moulin, les chevaux qui hennissent, l'accordéon, la rumeur du peloton, les bébés qui gazouillent et les hélicoptères. Au bal, ça valse fort.

Ève se rapproche. Elle domine de toute sa taille le corps du papi. Elle se penche, observe son front. Il n'y a pas de croix gammée. Alors, Ève la dessine de son pouce, légère, comme au baptême.

Et elle y dépose un baiser.

Imprimé en Espagne par
Liberdúplex
à Sant Llorenç d'Hortons (Barcelone)
en février 2020

S30695/01